向田邦子の恋文

新潮文庫

向田邦子の恋文

向田和子著

新潮社版

7736

目次

写真提供　向田せい
写真協力　文藝春秋写真資料部

第一部　手紙と日記

都市センターがいっぱいで、ホテル日航
に入っています。
仕事は昼間、といいたいのですが実は
ゆうべ、九州の鳴に、ふと心さみしく
なって、ダイヤルしてテレビを消し
例のよみ手のある夕刊紙をよみながら
いま〳〵かくたー。五つ。へつい とん
べてーすまーし。このあし、のり巻し
なべの、夜食におにぎりを三つ。

それから、家の庭はさすが、オナカがしく〳〵
！淋しピーです。すずりの許の胃もすこしかーよまーぐ
それで、ぼんやりその合間に納豆をかじって一
ウのジュースとオーダーしたけ。現代医学を
しています。（同時）
本当のときそおなかまで弱ってしまいます
わるくなるので、仕事は実家の米の
分です。下宿と家とに帰りますが
今日いっぱいと明日大晴れまで押して、
一つ名くうえ帰って、評伝を書いたて、

あしたはいよいよ一丈と別。髪を洗って。夜は
KRCでロケ音。
28日は、夕方までこちらの仕事をして、ス一ラク
どし、ノリオとゴハンをたべました。
都よ湖も同じですもんね。
29日は都ワローターへこもって仕事。
30日は東京で28本分ロケ音。(またKRC)
1日から7日まで、都ワローターです。
早く、一週間、ロケとバタの頭をめぐらして
時くらすよか… 石石分け目をどうしようです。

そちら、お具合はいかが?
あんまりカンシャクを起さないで、のんびり
てやって下さい。下さいっかん、スハーブ、早く
お會いになれるね。
大阪から現れ。あれいし好評ですって。
おところいで〱です。
會いたいので、云ってカンカン〱ー
ます。28日までには直ります、ゴメンね。
では、そちらもお大切に。
手足を冷さないように。

バイバイ

姉向田邦子《むこうだくにこ》とN氏の手紙、N氏の日記などのおさめられた茶封筒は昭和五十六年初秋、青山のマンションで姉の遺品を整理していたときに見つかった。内容については、ある程度の予想と見当はついていたけれど、実際に茶封筒を開けてみたのは、平成十三年の春になってからだった。

姉がこの世を去って、二十年近く経《た》っていた。

それだけの時間がやはり私には必要だったといまにして思う。

何度も読み返してみて、私なりにわかってきたことがあるような気がする。私なりに感じたこと、考えたことを第二部で書き記してみたいと思う。

向田邦子からN氏宛《あて》手紙

［ホテル日航の便箋《びんせん》、封筒］

昭和三十八年十一月二十七日消印　速達

都市センター[*1]がいっぱいで、ホテル日航に入っています。

仕事は順調、といいたいのですが、実はゆうべ、NHKの帰りに、ふと口ざみしくなって、「ヴィクトリア」でケーキを買い、例のよみ手《ママ》のある夕刊四紙をよみながらムシャ〳〵やってたら、五つペロリとたべてしまいました。そのあと、のり茶をたべて、夜食におにぎりを三つ。

そしたら、案の定、けさは、オナカがしく〳〵して、少しピーです。さすがの鉄の胃もすこしやられました。それで、クスリをのんで、今朝はグレープフルーツのジュースとサラダだけ。四時現在絶食をしています。

ね不足のときって、おなかまで弱ってるんですね。そんなこんなで、仕事は完全に半日分おくれ。TBSとフタバ[*2]に平謝りです。今日いっぱい、と明日九時まで働いて、いったんうちへ帰って、洋服を着がえて、あしたは、ひるから文士劇。髪を洗って、夜はＫＲＣでロク音。

28日は、夕方までうちで仕事をして、久しぶりでいっしょにゴハンをたべましょう。

邦子の誕生日ですもんね。

29日は都市センターへこもって仕事。

30日はＴＢＳで28本分ロク音。（またＫＲＣ）1日から7日まで、都市センターです。

果して、一週間、ロク[*3]とバブ[*4]の顔をみなくて耐えられるか、天下分け目というところです。

そちら、お具合はいかが？

あんまりカンシャクを起さないで、のんびりとやって下さい。ガス・ストーブ、早くお買いになってね。

大阪からtelあり。あれでも好評ですってサ、おどろいた〳〵であります。

食べてないので、立つと少しフラ〳〵します。28日までには、直します。ゴメンね。
では、そちらもお大切に。
手足を冷さないように。　　バイバイ

＊1 東京都千代田区平河町のホテル。
＊2 台本の印刷所。
＊3 向田家の猫。六年は生きて欲しい、と願いを込めて「ロク」と名付けられたが、天から与えられた幸いのお使いとして、向田邦子のエッセイではその後、「禄」となっていた。
＊4 N氏の愛称。

N氏の日記

昭和三十八年十一月二十七日

昨夜それほど夜ふかしをしたのでもないのに仲々目がさめない。

㊈*を夢うつゝに聞いて　8・00すぎ起き出す。予報通り 天気はいゝが冷えびえとしている。

10・30 邦子に電話して明日の打合せ。邦子の誕生日も先月あたりには気にかけていたのだが。

本二冊買って高円寺駅からまっすぐ帰る。昼食：トマト、キウリ、ウインナ缶、パン。午後暖かそうだし 風もないので中野へ行って本あさり。2時間ほど歩いて帰る。

邦子が電話で心配していた速達がついている。スタンプで見ると今朝になっている。投函《とうかん》したポストは何処《どこ》やら。太陽はまだ出ていても4時ともなれば、もううすら寒く室内はうす暗くなって来る。5時には雨戸をしめてしまふ。夕食：シチューの残り、大根おろし、卵2、パン。夜ふけて寒さひとしほきびしくなる。明日の朝が思いやられる。

新聞¥56、パン¥35、電話¥10

《東京—パリ》¥360、《駅弁パノラマ旅行》¥250

《日本の大衆芸術》¥220、《日本民謡集》¥280

＊　文化放送の番組「九ちゃんであんす」のこと。パーソナリティは坂本九。

N氏の日記

昭和三十八年十一月二十八日

物すごく冷える朝だ。7・30ごろ目がさめる。

(重)[*1] トンビに油揚げをさらわれる話、これも、台本を見た気がする。㊈ 納豆を食べさせられる九の悲鳴、《コロッケの唄《うた》》の替え歌、好調。太陽が上っても何か寒い感じだが、部屋に当りだすと段々温くなって来る。

10・30 高円寺へ。寒さのせいか少し人出が少ない。注文の本を受取って帰る。

昼食：トマト、キウリ、みそ汁、パン。1時風呂《ふろ》へ入る。

4・00 邦子来る。支度して新宿へ伊勢丹《いせたん》へ寄って買物する。一年ぶりの新宿も変ってはいない。

5・30 邦子の案内で車屋[*2]で魚類をふんだんにビールを1本分ぐらい飲む。
7・30 パチンコをやって帰途につく。
治療に寄り、8・40帰着。
10・30 邦子帰る。少し疲れたようだ。
新聞¥49、《冬の花》¥580、《諸国の旅》¥550

＊1 TBSラジオの「森繁《もりしげ》の重役読本」。朗読・森繁久彌《ひさや》、作・向田邦子のコンビで昭和三十七年から昭和四十四年までつづいた人気番組。向田邦子の出世作となった。
＊2 この年、オープンした新宿歌舞伎町《かぶきちよう》の割烹《かつぽう》料理店。

向田邦子からN氏宛手紙

昭和三十八年十一月二十九日消印

［都市センターホテルの便箋、封筒］

調子はどうですか。

珍しく、きのうはデパートへいったりビールをすごしたりしたので、あと大丈夫だったかしら、とすこし気になっています。

今日、金曜日の二時に都市センターに入りました。413号で、一日からも多分このへやになると思います。

これから*1ミッドナイト2本（60枚）と*2重役20本（160枚）をいかにして、書きとばすか。考えると、何ともバカらしくなってきます。

ゆうべは、やけも半分手伝って、シナリオをよみ「*3切腹」を再読《さいどく》しました。

実にうまい脚本で、シャッポをぬぎました。

やっぱり私とは頭の出来が違うらしいですね。

逆立ちしても、こういうピタリと構成や計算のとどいたものは、私には書けないでしょう。

思いつきやゆきあたりバッタリの浅さをイヤというほど知らされて、ブスッとしながらフレッシュ[*4]6本を製作。4時にねむりました。

文化放送からtelあり。

いつか、思いつきではなした一卵生《ママ》双生児のはなし、お正月の現代劇場でぜひやりたいとのこと。あわてて延期をたのみました。

TBSも、サービス部（ガリバン屋）がストのため、早く〳〵と叫びますし、このところ、四面ソカであります。それでも食欲極めてたくましく、昼は天ぷらそばを食べました。

もしかしたらバブと同じかな？

あした昼までここにこもり、出来たら、髪を洗って6時からのロク音にゆきます。

1日（日曜ひる前）にもしかしたら、そちらへ寄って、ごはんの支度をしてゆこうかなと考えていますが、あんまりあてにしないでお待ち下さいまし。

ガス・ストーブを早くかうこと。南山ジュ[*5]を早く注文すること。お忘れなく。邦子は年賀状、やっぱりやめることにしました。メンドクサイヤ。――これが私のキャッチフレーズです。

寒くなってきたようですから、体を大事にして。

みかん大いにたべるべし。

3時半　邦子

＊1　この年、十一月二十五日にスタートしたTBSラジオの「ミッドナイト・ストーリート」。

＊2　ラジオ番組「森繁の重役読本」のこと。

＊3　橋本忍・脚本、小林正樹《まさき》・監督の映画「切腹」。

＊4　ラジオ関東（現・ラジオ日本）の「フレッシュ・コーナー」。

＊5　血圧を下げる漢方薬。

N氏の日記

昭和三十八年十一月二十九日

目がさめたのは6・30ごろだが、寒さと足の重さで布団《ふとん》の中にうずくまったまゝ。

㊬三人集れば勲章の話というのに始まって汗の話になる。頭がぼんやりしていて、汗の成分のあったことを覚えているだけ。㊈うがいする水が歯にしみると九がボヤく話、平凡。陽が出たが部屋の外の干しものでかげになるせいでうすら寒い。昼食：トマト、キウリ、卵、スープ、パン。

1・00高円寺へ。東光デパートで天ぷらを買う。

3・30伊勢丹より電気毛布届く。邦子の好意うれしく早速無細工《ママ》ながらカバーをかぶせる。午后《ごご》は曇ったせいかうすら寒くなる。夕食は天ぷらを煮てみる。醤油《しょうゆ》、ミリン、砂糖、味の素《もと》でまあ〳〵の出来（ゑび、あじ、いか、いも、はす、野菜2種)。
9・00ごろから 毛布の中へ入る。い、調子にはなるが 不精になりそうだ。
新聞¥49、天ぷら¥130

N氏の日記

昭和三十八年十二月一日

とうとう12月。
案外暖かい朝、昨夜から10時間ぐらい寝た勘定になる。
12・00 高円寺へ。昼食:ホットドッグ型パン、コーヒーで軽くすます。
午后温かくなる。
3時 邦子から電報。
5・00近く 邦子来る。サシミ、ソーセージ、シイタケ、サラダで夕食。そのあと、シチュー、おでんと支度をしてホテルへ帰って行く。毛布にもぐってうつらうつらで、12・00ごろまで読んですごす。

新聞￥54、パン￥60

［都市センターホテルの便箋《びんせん》、封筒］

向田邦子からN氏宛《あて》手紙

昭和三十八年十二月二日消印

ゆうべは、ねむくて、十二時でダウンしました。すべて、電気毛布の責任です。あれは、少々悪魔的なムードで、人をねむ気にさそいますね。私には大敵です。

ふしぎなもので、一晩しかいないとなると、ホテルも、緊張して仕事をするものですが、まだあと一週間もあらァ、と思うと、つい〳〵、私本来のペースにもどって、ダランコ〳〵となってしまいそう。ゆうべなど、実にいい気持で、ジュクスイして今朝は七時半起床です。

例によって定食で食事。ここは洋定食はルームサービスしてくれないので、また和食。のり、みそしる、オムレツ、シャケ、オシンコ、というこん立て。デザートにきのうかえりにかったミカンを一ケたべました。

　こんな調子で、はたして、十五日までに、脚本がかけるんでしょうか。五分五分のカクリツで間にあわないような気もしてきました。

　ゆうべは、[*1]「香華《こうげ》」のシナリオをよみました。木下らしい才気はうかがえましたが、これを映画的に処理した場合、ハッとするような場面になるかどうかとなると、私には見当もつきません。

　書く前に、あんまり神経質に、お手本をよみあさらない方が、私のためにはいいような気もしていますけど……。

　うちにいる場合、私の仕事をおくらす要素は、ロクと冷蔵庫と、母と、本です。ところが、ここでは、その四つともないのになおかつ、ダラ〳〵出来る、というのは、私は、生れついての怠けものなのかもしれません。空をみたり、パーキングプレースの車の移動をみたり、とんできて手すりにならんでるスズメをみたり、考えごとをしたり、けっこう間がもてて、時間はどん〳〵たっていきます。

気の散らないクスリがあったら、十万円でもいいから買いたいな。

――なんてことをいってないで、また仕事をはじめましょう。[*2]ロミオとジュリエット、まだ手をつけていません。どんなのが出来ることやら。

ではまた。お元気で。

邦子

＊1　木下恵介《きのしたけいすけ》監督・脚本の映画「香華」。
＊2　翌年の一月二日に放送されたNHKラジオの「舶来講談『ロメオとジュリエット』」。

N氏の日記

昭和三十八年十二月二日

うつら〳〵で[*1]瓦版《かわらばん》を聞きのがす。(重)婦人従軍歌をバックに白衣礼讃《らいさん》、好調。

㈨鉢植の缶詰から原爆の誤発の妄想談、まず〳〵。

9・15 始めてのオリンピックの語源を扱った[*2]「五輪アラカルト」、スタートとしてはい、のではないか。10・30 高円寺へ。

昼食：邦子が昨日 買っておいてくれたサラダとトマト、パン。午后 あまり温度上らずうすら冷《ママ》い。夕食：おでん。冬はこれに限るといふところ。少し早目に治療に行き、8・00 帰宅。布団へもぐって 本を読んですごす。

新聞¥46、《有田川》¥580

*1 文化放送の「お早う瓦版」。パーソナリティは渥美清《あつみきよし》。その後、講談師の一龍斎貞鳳《いちりゅうさいていほう》に代わった。

*2 文化放送の「五輪アラカルト」。翌年、東京オリンピック開催。

N氏から向田邦子宛手紙　［都市センターホテル気付］

昭和三十八年十二月四日消印（新聞の切抜き数枚在中）

雨が降って寒いせいか足の調子はよくありません。
専ら《もつぱ》電気毛布の中です。シチューいゝ味でした。$1/3$ほど食べました。ラーメン、ぎょいん缶詰というメニューです。

今週中はたっぷりあたゝかい食事が出来そうですから安心していゝ仕事をして下さい。野菜も缶詰もO.K。

天気がよくて暖かい日があったら　そちらへ出かけたいとも思うけれど　今週の予報ではどうもむつかしそう。

毎日電話はするつもり、

風邪に重々気をつけること、

食いすぎないように!!

3日夜

［都市センターホテルの便箋、封筒］

向田邦子からN氏宛手紙

昭和三十八年十二月四日消印

手紙拝見。いろ〳〵と有難う。

きょう（水曜）は、朝10時から弟の会社へ取材に。社長専務、とも大変な協力ぶりで、二時間にわたってはなしをきき、社内を一巡しました。市場調査もゆきとどき、なか〳〵の近代企業です。デラックスなおひるつき。しかもホテル住いならと、カンパチのお刺身ににしんの煮つけetcといった心くばりに感激しました。一時、ホテルに帰って、バブのお手紙を拝見したわけ。

いましがたうちの母からtelあり。

朝10時半に東宝の藤本氏*よりtelあって、

「いま羽田にいて、二、三日出かけるけど、邦子さんは仕事をしているか」とのことだったようで、母は、わけも判《わか》らず、いつものくせでひたすらにお詫《わび》したというので吹き出しました。習い性となるです《ママ》。

それにしても、偉い人ほどマメで、エラくない人間ほど無精なことがよく判りました。判っていてもしかたがないので、今日からはじめます。

外は雨。今日夜、和子《かずこ》が連絡のために手紙などもってくるので、一緒に外でメシをたべて、あとはおとなしくホテルで仕事をするつもりです。

ＮＨＫのロミオとジュリ《ママ》ー――、アイディアほど面白くならなかったのは、私の気持に焦《あせ》りがあるからかもしれません。

映画の本のほう。細部はふくらみつつあるのですが、私のいつもの弱点の骨子がダメで、これをガッチリ――とまでいかずとも、バラックでも組立てるのに、まだすこしかかりそう。

その前にロクベエのシッポでもなでたいな、いや〳〵ガマン〳〵と、辛《つら》いところです。

寒さがこたえているようですが、なんとか頑張って下さいな。

ムリして、電話なんかかけに出ないように。
手袋を忘れないように。
では又

＊藤本真澄《まさずみ》、映画プロデューサー。「青い山脈」、社長シリーズ、若大将シリーズなどを手がけた。

N氏の日記

昭和三十八年十二月四日

昨日につゞいて今日も雨。㊏[*1]金のアクセサリーについて、まだ貞鳳[*2]の語り、本とも 調子がでゝいない。㊆ バイオリンから はいったお色気版、森繁《もりしげ》調好調というところ。㊈ 乾布摩擦から カイロ、ユタンポの話へ。邦子作も大分続いているが この辺がENDか。邦子からの手紙おくれて（2日発）正午近くつく。

高円寺へ雨の中を出かける。親子丼《どんぶり》を食べる。久しぶりの米のメシ、ペロリ。1・30 帰宅。うすぐらい部屋でクサクサしながら過す。日が早く暮れる感じで4・00すぎにはもう電灯をつける。

夕食は おでんの外にトマト、キウリ、しゃけ缶とバラエティをつけた。雨は止《や》んだり 降ったり 道が悪いのを思い治療休む。《有田川》[*3]を読んで3・00近くになる。

新聞¥49、親子丼¥130、薬品注文¥2,250

＊1 ラジオ番組「お早う瓦版」のこと。
＊2 講談師の一龍斎貞鳳。
＊3 有吉《ありよし》佐和子著の小説『有田川』。

N氏の日記

昭和三十八年十二月八日

少しねすぎて　8時すぎ　起きる。あまりいゝ天気ではなさそうだ。

10時高円寺へ。昼食：シチュー、トマト、キウリ、卵。シチューも今日で終り。追加の芋、人参《にんじん》が多すぎて食いすぎる位。午后《ごご》　天候持ちなおした。

4・00すぎ　邦子来《き》たり　つもる話に花が咲く。夕食：さしみ、豆腐・せりの味噌汁《みそしる》、牛肉・じゃがいも・玉ねぎの煮込、わかめ酢のもの、ビール。久しぶりにいゝ気持になる。

邦子　電気毛布の中で休んで　10・00前　帰って行く。師走《しわす》で忙しいこと、大変だ。

新聞¥56

N氏の日記

昭和三十八年十二月十日

天気 くずれたようだ。6時すぎ 目がさめた。

(瓦) 友愛結婚、原稿の量が多すぎるせいか、早口が耳ざわり。(重) ウトウトして 聞き逃す。(オ)* 4年目開催の理由、水準以上の出来。雨が降りだして今日は駄目かと思ったが そのうち止んだ。理髪に行く。また値上げである。やれやれ。昼食：ホットドッグ、卵、牛肉煮込の残り。天気がパッとしないせいか 昼間からうすら寒い。

夜 邦子来り 夕食：サラダ、ソーセージ、マッシュルーム、野菜煮、かれいのうまいやつ と御馳走《ごちそう》。明日からの仕度をして帰って行く。買って来てくれた恢復記《かいふくき》を読む。どうも症状は 違うようだ。

新聞￥46、図書新聞￥30、《旅》￥150

＊ラジオ番組「五輪アラカルト」のこと。

N氏の日記

昭和三十八年十二月十二日

今日もはっきりしない天候。

(重)貸方、借方があるという話。〃まとめて買ってやる〃から始まって〃ダボハゼに餌《えさ》を食い逃げされる〃まで ずーっと好《よ》い調子。㋔100米《メートル》競走、まぁいゝ方で この調子なら成功といえそう。

今日も 道路工事でうるさい。10時半ごろ陽光がみられるようになったので神田へ出て本をさがして歩くが 今日は少し具合が悪いようだ。

邦子へ電話し ＊柏水堂《はくすいどう》へよってホテルへ行く。少し話して帰る。

帰りは電車だったが やっぱり少しこんで来た。高円寺でそばを食って家へ。

5時近くなったら寒くて調子悪し。夕食：おでん、すき焼缶詰（コープ印、赤い丸い缶、缶切つき、内容まずまず)、卵、パン。
新聞¥44、バス¥35、電話¥10、電車¥30、タクシー¥150
タクシー¥100、《太陽》¥290、《瓦版》¥650、パン¥40
そば¥100、菓子¥300、牛乳¥21

* 神田神保町《じんぼうちょう》の洋菓子店。

向田邦子からN氏宛《あて》手紙

[都市センターホテルの便箋《びんせん》、封筒]

昭和三十八年十二月十三日消印

きのうは陣中見舞有難うございました。

つまらなくて、ぼつ〳〵オヒスがおこりかけていたところだったので、とてもうれしかった。

ケーキはあのあと一ヶたべ、残り三つを大切にしまっておいたところ、妹がやってきて、「アラ、おいしそうね、お父さんとお母さんとあたしとちょうどよ」と吐《ぬ》かして、さっさと大きなバッグにしまわれてとんだところで親孝行となりました。

夜は、久しぶりで、デラックスでいこう、と安いルーム代の分も合せて、妹と二人でグリルでビール2本、シャリアピンステーキとグリル・サーモン、オードブル、という食事でゴキゲンになりました。

それで、瓦版《かわらばん》の出来すこしおそくなり、夜十時半、タクシーで印刷所に入れました。夜は週刊誌をよみ、入浴して十二時半、グー。

七時までに二回目がさめて、それからひと事件あって（ランニング）食事。洋定食。ここへくると、食事だけは規則的になります。

いま九時。これから、ミッドナイトストリートにかかります。これを昼までにあげて——と皮算用をしていますが、どんなものか。

この部屋、お風呂《ふろ》のないのが玉に傷《ママ》ですが、コンディションはとてもよく、顔もあまりカサ〳〵にはなりません。特に机が具合いよく、とても仕事がはかどります。来年も月のうち十日はここで仕事をして、あとはあそんでくらしたい、とゆうべも胸算用をしていたところです。

おでんの調子はどんなでしょう。今のうちに、せい〴〵おでんずく《ママ》りを練習して、いよ〳〵食いつめたらおでんやでもしようかしら。でも私のは仕込みが高くて、まず倒産でしょうね。

妹のはなしだと、ロクベエの落タンぶりは見るも哀れだとかで、私がいないと、火の気のない私のコタツの上でないているそうで、母などホロリの一幕があったそうです。やっぱりアイツはいい奴《やつ》だ。誰かさんみたいに、こなくても平気だよ、なんて、ひどいことはいわないもん。

いまミカンをひとつたべました。やはり空気が乾燥しているのか、ミカンがとてもおいしい。一日に、五つから七つはたべます。そのうちに美人になるでしょう。

そっちもせい〴〵たべて下さい。

では、ぼつ〳〵はじめるかな。イヤダナ。

日曜日に、お刺身でビールをのむのを

たのしみに。

お大事に。

邦子

N氏の日記

昭和三十八年十二月十四日

朝から足の調子悪し。手もよくない。何だか 逆もどりしたような感じ。天気もぱっとせず、10時すぎ高円寺へ。昼食：トマト、キウリ、卵。正午になっても 温度上らず、一日うそ寒い日になりそう。

邦子から手紙。終日うすら寒い日——夕方高円寺へ。

夕食：おでん、魚てんぷら缶詰、おにぎり。

1週ぬけた喫煙室*、〝サイレント〟談義、ジュークボックス、美術、味覚あたり好調※

新聞¥51、新聞（夕）¥15、《随筆》¥70

おにぎり￥80、牛乳￥21

※そのあと一寸《ちょっと》駈《か》け足調になりかけたが まずい、方。引き続いて ＴＢＳにダイヤルを廻す。先日 邦子から聞いていた 邦子の紹介で始まる回、酒礼讃《らいさん》から右手の役割について ミッドナイトものらしい味あり、丸いものにノスタルジアを感じる アンパンと女のオシリも繁さんの語りでなか〳〵よろし。〝何よりも義理人情を愛す〟 は本の出来よき例か、平仮名《ひらがな》で〝おんな〟と書けるのは少くなった なども い、味、邦子 調子上々というところ。1時間聞いたら 少し寝つきが平常と違って悪かった。

＊ＮＨＫの「ラジオ喫煙室」。パーソナリティは森繁久彌《もりしげひさや》。

N氏の日記

昭和三十八年十二月十五日

日曜のせいと昨日の身体《からだ》の調子悪さで　朝ゆっくり寝る。天気の方は上々。風は強いようだ。10時すぎ高円寺へ。普段の日曜と違って　年末らしく人出は多い。

昼食：おでん　残り全部、卵、パン。午后も風強く冬らしく冷える。

3時　邦子来り　種々話し合う。夕食：さしみ、ウインナ、野菜いため、わかめ酢の物でビールを飲む。夜　久しぶりでテレビなど見る。

邦子　9時半すぎ帰って行く。その后は何となく　気抜けしたような　ボンヤリした気持で　フトンの中で本を読む。

新聞￥56、《味覚案内》￥230、牛乳￥23

ボンボン￥300、葉書￥50

N氏から向田邦子宛手紙

［都市センターホテル気付］

昭和三十八年十二月十七日消印　速達

〝いやだなァ　ブウブウ……〟とふくれていること丶思います。

こちらも本格的な冬体制になったせいか　身体の方　面白からずというところ。昨16日夜シチュー第一回、こんどのは一寸味が薄いようです。でも　有難く味わっております故《ゆえ》　気をよくして下さい。

家の前の道路工事も横断橋の方の登り道をやりはじめて　終日うるさいことです。寒さと違って布団《ふとん》にもぐっても　どうにもならずヘキエキの態《てい》。今日からエ*ブリマン氏を読んでますが　珍らしく誤植にポチポチ　お目にか丶るのはこの社の仕事らしくないこと。

では思い直して　仕事にか丶られよ!!　見込まれた小羊よ。

では　17日后3時

邦子様

＊ 山口瞳《ひとみ》著の小説『江分利満氏の優雅な生活』（前年度下半期、直木賞受賞作）か、この年十二月に刊行された『江分利満氏の華麗な生活』のどちらか。

N氏の日記

昭和三十八年十二月二十一日

寒い朝、やっぱりよく寝て 7時半すぎ 目がさめる。
㊢ 家庭の忘年会、天ぷらで大騒ぎからアンマさんまで 繁＋邦の典型的ない、例か。㋔ 初めて上った日の丸の話、但《ただ》し バックに流れたレコードは頭からで イケマセンでした。こ、まで作者として みてやるかどうか。
10時すぎ本屋廻り。昼食：シチュー残り全部、トマト、卵、パン。1時 風呂へ入る。午后《ごご》 風強く 外出をためらう。
4時すぎ 邦子来る。買物で大わらわ。「ものしり」[*1] クリスマスを見る。カラーでみられないのは残念だが、童心に美しさが働く力を思うだけにカラー放送[*2]×白黒受像という食い違いはこの番組の行き方として《?》がありそうだ。

夕食：さしみ、おしたし、肉とこんにゃく煮付、ウィンナ、椎茸《しいたけ》、豆腐、わかめのみそ汁で久しぶりに 夕食を満喫する。

10時までしゃべり合う。邦子も一寸ひと息という所か気楽そうでよかったと思う。11・30からミッドナイト・ストリートを聞く。映画館で、エレベーターなどあたり一寸酒をのむせりふが多いのがうるさいが 出来はい、。動物は裸、アクセサリー、アイシャドー 次才《しだい》に好調となる。今週も90点か。

新聞￥56、《文芸》￥120、《日本の社長》￥450
バッグ￥100、《コンシュマー》￥60

＊1　NHKテレビの「ものしり博士」。
＊2　カラーの本放送は昭和三十五年に始まったが、まだ白黒放送が主流で、カラー放送の番組は限られていた。

N氏の日記

昭和三十八年十二月二十二日

今朝も寒かったようだ。8時　目がさめた。高円寺へ出かけるとき道の陽の当らぬ処《ところ》に霜柱が消え失《う》せずに残ったのがあった。空は晴れてい丶天気で温度はさして高くならないが、まず冬の好日といふべきだろう。昼食：昨夜の味《み》噌《そ》汁《しる》（とうふ、わかめ）、牛とこんにゃくの煮込、パン。午后も静かない丶天気となる。

映画などみて来た邦子　4時前に来る。4時半ごろ　新宿へ。車屋で焼とり、生かき、ひりょうずなどでビールを呑《の》む。パチンコをのぞいたが入らず　プレゼントとして　マフラーを買ってくれる。いそべ巻とおぞうにを食べて帰る。10時までいて　邦子　頭が重いと帰って行く。

今日注文してあった家庭湯来し　呑み始める。

新聞¥56、図書新聞¥40、《随筆》¥80

N氏の日記

昭和三十八年十二月二十四日

暁方 うす寒くなって目がさめた。そのまゝ起きてしまう。

(瓦) 女義太《おんなぎだ》夫《ゆう》——ドウスル連から 車の後押まで話題があるせいか、好調。貞鳳《ていほう》もよい方だろう。(重) 重役室のガラスばり、まず〳〵だろう。㋔ イタリア国歌、インド国歌、食いものにむすんだゞけ。昼食:トマト、キウリ、卵2、パン。神田で本屋まわり、収穫なし。

5時 邦子来る。夕食:さしみ、邦子製八宝菜、わかめの酢のもの、おでんと豪勢に並べてパーティ。

10時 邦子帰ってゆく。

新聞¥56、バス¥35、国電¥40、ジュース¥25

《資料》￥800

N氏の日記

昭和三十八年十二月二十五日

あと一週間、㊈うつらうつら聞いていたらしく想《おも》い出せない。昨日に引続き今日も暖かいが雲が太陽をかくして薄暗い。11時高円寺へ。
昼食：トマト、キウリ、八宝菜（昨日の残り）、パン。
午后も暖かさは続き　陽光も出て　変則的なよき日。夕方高円寺へ買物に行く。
邦子より電報、都市センター・ホテルへ電話して東宝よりの催促でまた〳〵ホテル入りの事情を聞く。夕食：おでん、コンビーフ缶詰。治療。夜は霧でうすぼんやりの中を歩く。夜おそくなっても冷えず思いがけずあたゝかい日だった。

新聞¥46、新聞（夕）¥15、《古い椅子《いす》》¥480
《贅沢《ぜいたく》貧乏》¥270、《てん足》¥290、電話¥10
《今日の中国》¥220、アレストール¥2，600
缶詰（パイン、コンビーフ、ジャム）¥345

手紙と日記の書かれた昭和三十八、九年、姉向田邦子は三十三、四歳だった。社長秘書の会社勤めから映画雑誌の編集記者を経て、放送作家として独立し、二年目を迎えようとしていた。〆切《しめきり》に追われ、眠る時間も削るような毎日だった。TBSラジオの「森繁の重役読本」「ミッドナイト・ストリート」、NHKの「ラジオ喫煙室」、文化放送の「お早う瓦版《かわらばん》」「九ちゃんであんす」「五輪アラカルト」、ラジオ関東（現・ラジオ日本）の「フレッシュ・コーナー」、そのほかに単発のラジオやテレビのシナリオを抱え、映画のお誘いも受けていたようだ。

私達家族と杉並区本天沼《ほんあまぬま》の実家で暮らしていた頃だ。

N氏は記録映画のカメラマンだった。当時は体をこわされ、母上のお宅の離れにひとりで暮らしていた。

姉の手紙をもとにN氏の日記を読み進めていくと、ふたりが三日にあげず逢《あ》っていたことがわかる。たいてい姉が夕方近くにN氏のお宅を訪れ、夜更《よふ》け近くに向田の家へ帰ってゆく。クリスマスも大晦日《おおみそか》も、そしてお正月も……。

N氏の日記

昭和三十八年十二月三十一日

いよいよ終り。やはり5時半ごろから目さめる。(重)㋔を聞く。空模様よからず。高円寺で草履、ケーキを買う。

留守中に邦子 来ている。重箱づめが例年と違ってケンランに作られた。さすがに邦子も疲れているようだ。二人でケーキと紅茶。支度終って、1時半帰って行く。昨日のすき焼なべにうどんを入れてたべる。うまい。

部屋の大掃除をする。夕方 パン追加分を買って買物おさめ。

　新聞¥34、草履¥380、ケーキ¥180、みどり¥200

　薬注文¥３，３５０、パン¥40　チョコレート¥100

夜はテレビを見て過す。「ゆく年来る年」――案外ダメ。やはり こういう各局送出しものはＮＨＫみたいな組織でないと駄目。とりあげる材料もよくない。

技術的にも拙劣。1時ごろねる。

N氏の日記

昭和三十九年一月一日

昨夜のおそねにもかゝわらず早く起きる。朝刊を買いに出かけたが2人に行きあったゞけ。さすがに元旦《がんたん》の街である。駅で着飾ったのが2～3組、快晴の空がすが〳〵しい。

㊚娘評判記おせん、まず正月ものとしてはいゝ方か。アト・コマがなくてスタッフ紹介、元旦サービスというところか。㊠奥さま御苦労さまのお正月――大分お疲れの模様。新聞を見てすごす。昼食：ラーメン（インスタント＋ネギ、玉ネギ）。

年賀状数通来る。午后になって天候悪くなりうすら寒い。

3時半邦子来《きた》り、4時ごろから邦子が昨日買物して来て呉《く》れた料理で、正月気分を出す。ビールが少し過ぎたようだ。布団へ入って少しうとうとする。
8時、雑煮を祝う。
10時　邦子帰って行く。
元旦らしく車の通る音もせず　静かな夜だ。フレッシュ[*1]、正月番組　①パハマンのエピソード、中コマの百人一首は洋子[*2]では
新聞¥115、オリンピア¥60
やっぱり朗詠とは行かず、残念デシタ。早目に床にもぐる。

*1 ラジオ番組「フレッシュ・コーナー」のこと。
*2 「フレッシュ・コーナー」のディスクジョッキー、水垣洋子のこと。

N氏の日記

昭和三十九年一月三日

昨夜は茶ののみすぎか　ねつき悪く　とう〳〵4時すぎまで　ねむれず、今朝8

時半すぎ　めざめてもはっきりしない。天気は悪るさうで　うす寒く布団《ふとん》の中で　㋔を聞く。ノッポとチビの記録――まず〳〵という出来。

寒さの上　雪になりそうな気配で　あわてゝ高円寺へ。新聞と薬を買って帰る。昼食：サラダの残り、おせちを少々、インスタント・ラーメンにねぎ、玉ねぎ、鯨水煮缶詰を入れたの、紅茶、少しあたゝまる。

寒さに備えてこたつを作る。夕方からとう〳〵みぞれみたいな降りになってしまった。風呂《ふろ》に入り、上って舶来[*1]寄席《よせ》「三銃士」を聞いたがお粗末。

4時半　邦子来る。夕食まで正月の話を聞く。夕食：スキヤキ、酢の物、おせちでこたつに入ってビールを2本。8時からテレビを見る。

10時　邦子帰る。少し風が出て雨も降り出したような気配である。㋫[*2]手っとり早い節煙―禁煙法とは耳が痛い。オリンピック大会の馬さがしの話、洋子はいゝ方でしょう。

新聞¥75、アリナミン¥3，000、みどり¥100

＊1　NHKラジオの「舶来講談『三銃士』」。

*2　ラジオ番組「フレッシュ・コーナー」のこと。

N氏の日記

昭和三十九年一月四日

6・00　目がさめる。天気はよくないらしく雨の音。温度も低いようだ。布団の中でぼんやりしている。

㊯ないものづくし――邦子作替歌も　そうとうだった。㊮日本女性の特質スマイルか喜怒《きど》哀楽のはげしいイタリヤ・オペラタイプ――重さん《ママ》の疲れからか　オペラ物眞似《ものまね》がさえなかった。㋔右利《き》き左利き談議でまず好調。

高円寺まで出かけたが雨はやんだが　太陽は雲の中。風も冷い。昼食：昨夜のすき焼の残りの中へラーメンを入れたの。卵、おせち。

午后《ごご》　雲がきれて少し暖かくなる。

5時　邦子来る。夕食：さしみ、かに　きゅうり酢のもの、シチュー、おひたし。シチューですっかり暖かくなった。8・00からプロ・ボクシングを観《み》る。10時すぎ 邦子帰る。NHK 喫煙室 を聞く〝始め〟をテーマにとり上げて正月気分あり、諺《ことわざ》の選び方も面白く佳作となった。女性に関する金言改正の要あり、始めに言葉あり など面白し。繁《しげ》さん一寸《ちよつと》不調か。

新聞¥61、ラーメン¥70

N氏の日記

昭和三十九年一月五日

夜明け 温度下ったらしく 寒さで目がさめる、6時ごろか。今日は日曜なので布団の中でうと〳〵。太陽が出ると少し暖かいような気分。高円寺へ行くと今年始めての日和《ひより》のせいか 却《かえ》って賑《にぎ》やか。晴着姿も多い。昼食・おせち総ざらえ、卵、パン。今朝は零下数度に降ったとか。家の附近の水たまりすべて相当の厚さに氷《ママ》っていた。午后も快晴だが うすら寒い。今日は目がさめた時から足の調子がよくない。寒さのせいかも知れない。本も読めない。
5時　邦子来る。夕食：かれい煮付、サラダ、焼とり、大根みそ汁。正月も今日で終りとビール2本。そのあと「*赤穂浪士《あこう》」第一回を見る。思ったよりよい出来。今年の問題作となりそう。
10時　邦子帰る。夜ふけて雨の音。明日の天気が気がかり。
新聞￥61、《東海道膝栗毛《ひざくりげ》》￥200、パン￥50

＊前年の昭和三十八年、「花の生涯」で始まったNHK大河ドラマの第二弾。長谷川一夫《はせがわかずお》、志村喬《たかし》、山田五十鈴《いすず》ほか、映画スターが多数出演した。

N氏から向田邦子宛《あて》手紙

［都市センターホテル気付］

昭和三十九年一月二十一日消印

大寒に入っていよ〳〵つめたいことです。
先日来たときの咳《せき》の具合から 今ごろまた苦るしんでいるのぢゃないかと案じています。どうかこゝ暫《しばら》くは健康才一《だいいち》に頑張られんことを祈《いの》ります。
僕の方 可もなく不可もなし、早く寒い季節が過ぎれば――とそれを待つのみです。高円寺通いも続けていますが 流石《さすが》に中野や神田への遠出は一寸元気が出ません。
昨20日夜 シチューを頂戴《ちょうだい》、なか〳〵うまい、つい食べ過ぎそうです。チリ鍋《なべ》は今夜のたのしみ。予定としては金曜まで大丈夫ですから 心配せずやって下さい。今日のおヒルは トマト、キウリ 卵、はまぐり缶詰、パン、紅茶でした。

呉々も お身体《からだ》に気をつけて下さい。(三平[*1]のセリフじゃないが何度でも云《い》う)
「七人の孫」[*2] 才三話を見ましたが 本の粗雑さもさりながら演出、技術ともにいさゝか物足りませんね。繁さんの御奮闘は分りますが 僕としては失敗みたいな気がします。一寸このまゝでは一クール済んだらパーセンテージがどの位になっているか心配です。邦子のカンフルが利けばいゝが——。

朝起きても「重役」しかないので他のものを聞いて見ますが 何《いず》れを見ても何やら育ち——もっともこちらも聞きあきたせいもありましょう。でも一般の家庭人よりは何分の一しか聞いてない筈《はず》です。

では 仕事が一段落したら——そんなのないとおっしゃいましょうけど——おめかしもどうぞ——。

21日午后二時

では もう一度、大事にね。

*1 林家三平、落語家。「お体に気をつけて下さいね」は三平のお決まりの挨拶《あいさつ》だった。

＊2　TBSテレビのドラマ「七人の孫」。森繁久彌《ひさや》、加藤治子《はるこ》、いしだあゆみほかの出演で、昭和四十一年までつづいたホームドラマ。「脚本・向田邦子」の名を世間に広めた。

向田邦子からN氏宛電報

昭和三十九年一月二十六日　至急電

コンヤユケヌ」ク

N氏の日記

昭和三十九年一月二十六日

日曜日で朝のラジオはさみしい。天気は割合に良い。高円寺も人出多い。買物か行楽か羨《うらや》ましい気がする。昼食：トマト、キウリ、卵、パン。

午后 邦子から電報で来られない由《よし》、慌《あわただ》しいことだろう。健斗《けんとう》を祈る。

相撲は大鵬《たいほう》の優勝で終る。夕食：シチュー（ジャガ芋と玉ネギ追加）、クラッカー。早々に布団へ。

思いがけず邦子 9時近くに寄る。明日の支度をして行ってくれる。連日の徹夜続きのせいか やつれがひどい。身体を大切にしてほしい。

　新聞￥81、パン￥20、ジャム（2）￥280
　《マチ句》￥200

N氏の日記

昭和三十九年一月二十八日

朝もなか〱ねむい。

(瓦) 馬鹿《ばか》の由来など 半分ねて聞いていたせいで想《おも》い出せない。(重) 重役もお休みがスキ、会議にシブい顔、海外旅行は好きだが……奥様のセリフがいかした、好調。㋔ランニング・スタートの話。今日は曇りで朝から寒い。昼食：天丼《てんどん》。午后降り出した。

夕方 邦子来る。久しぶりで二人で夕食：さしみ、しいたけ、ウインナ、ひじき、おから、サラダ、大根みそ汁、ビールもうまかった。これで足さえよければと愚痴が出る。あゝもう一年たってしまった。つくづく情なくなってしまう。

邦子 少しうたゝねして11時 帰って行く。

新聞¥81、天丼¥140、《迷う人迷えぬ人》¥360

N氏の日記は大学ノートに横書きで記されている。十月七日に始まって、毎日つけられていた。最後は二月十八日。調べてくれた人によれば、その翌日、N氏は亡《な》くなっている。

N氏の最後の三日間の日記。

N氏の日記

昭和三十九年二月十六日

何もない朝、これで身体がよければゆっくり寝られるのだろうが　6時には目が覚める。10時すぎ高円寺へ。昼食：おでん、パン。午后　風呂《ふろ》に入る。足の具合はよくない。天気はい、のに外へ出る気にもならぬ。
夕刻　邦子来《き》たり「現代劇場」*1をきく。本で考えていた様にはテンポも出ず、折角の配役も生きていない。エフェクト*2の入れ方にも今一歩の努力がほしい。
夕食：すき焼、サラダ、人参《にんじん》とレンコン。そのあと邦子は仕事をする。「赤穂浪士」をみたあと　10時に出かけたが　録音中止で逆もどり、シチューを食べて11時　帰って行く。
新聞¥71、ヨーグルト¥15、《西洋古典》¥320、《図書新聞》¥20

＊1 文化放送の「現代劇場『離婚行進曲』」。向田邦子・作、出演は芳村真理《よしむらまり》、小沢昭一《おざわしょういち》ほか。

＊2 effect。効果音のこと。

N氏の日記

昭和三十九年二月十七日

5時に目がさめてしまった。本を読むのも面倒でうつら〳〵で8時まで。(重)世界で一番おいしい料理は？　悪食《あくじき》は？　と邦子お得意のところ、重役は人を食ってしまう。更に上には上がいて これをシャブるのがいる となか〳〵い、出来。㋔三段とび、平凡。

高円寺まで行き 帰り治療に寄る。昼食：昨夜のすき焼でおじや、サラダ、おでんの残り、風はあるが 太陽の暖かさは相当なもの。夕方、足風呂を使う。疲れる。

邦子来り、夕食は 豆腐 ?、酢のもの、おしたし、おすまし。病院行き、将来の方針など話し合う。足の調子も頭もよくない。熱があるようでもないのに。

10時半 邦子帰る。

新聞¥71、ヨーグルト¥20、バケツ¥750

《邦子より¥10000》

N氏の日記

昭和三十九年二月十八日

二時間ばかり寝た。それも夢が多い。1時すぎからは うとうと とむっくり起き直りの連続。コマギレ睡眠で夜があけた。週刊誌を拾い読みしたゞけ。

㊥〝重役ほど楽な商売はない〟に対する反撃、〝監督である〟、夫人は? コーチ!! 好調。㋔ 28年前のベストセラーだったレコード〝前畑頑張れ!!〟邦

子作らしく好調。

天候は良くないが買物に出かける。途中で雪になり、あわて、買物して帰る。

昼食：中華まんじゅう、サラダ、わかめ、卵。

昨日から道路工事は真前の歩道になったので うるさいこと、朝からガンガン 頭にこたえる。午后《ごご》はすっかり雪。

夕食：シチュー、卵、パン。

新聞￥71、支那《しな》まん￥100、《古語事典》￥380

第二部　姉の〝秘め事〟

帰ることのない部屋で

昭和五十六年八月二十二日、土曜日。

台風の前兆なのか、外は土砂降りの雨。お昼を食べ、その後いつものようにのんびりテレビをつけっぱなしにして、雑誌をながめたり、うとうとしたりしていた。テレビの画面にニュース速報のテロップが流れている。

台風が上陸するのかな。えっ、台湾で航空機墜落。なんだって？　お姉ちゃんも台湾じゃない、日程は……。

今回は日程表ないんだ。

旅行に出るときはいつも私宛《あて》に日程表を残していた。でも、今回は留守番電話に連絡先を残しておくから、急ぎの時は青山のマンションに電話してと言われていた。

落ち着いて、落ち着いてと自分に言い聞かせながら、ダイヤルを回した。台湾高雄のホテルの電話番号が姉の声で流れる。メモをとり、直接ホテルに電話を入れたが、日本語は通じるのにこちらの意志が通じない。受話器を置いて、何度か電話を入れ直したが、結果は同じ。むこうも混乱していた。ザワザワして電話は切れた。なにかあったら連絡するように姉から言いつかった人に連絡を入れてから、マンションを出た。向かった先は、歩いて十五分の『ままや』。姉邦子が「黒幕兼ポン引き」と自称し、私が社長兼皿洗い専門職、雑用主任で始めた惣菜《そうざい》・酒の店である。

おひろめ
蓮根《れんこん》のきんぴらや肉じゃがをおかずにいっぱい飲んで　おしまいにひと口ライスカレーで仕上げをする――ついでにお惣菜のお土産を持って帰れる――そんな店をつくりました　赤坂日枝《ひえ》神社大鳥居の向い側通りひとつ入った角から二軒目です　店は小造りですが味は手造り　雰囲気とお値段は極くお手軽になっております　ぜひ一度おはこび下さいまし

姉が書いた『ままや』開店の案内状だ。あれから三年もの時が流れていた。

店に入ると、少しは店の顔になり、その日の予約を確認した。姉が事故にまきこまれていないことを祈りながら、一抹《いちまつ》の不安をかき消すことができず、店は臨時休業にして、予約客に断りの電話を入れた。やがて、板前やアルバイトが次々に予定通りやって来た。

『ままや』はテレビを置いてなかった。ラジオを流しっぱなしにしたが、情報は入らない。そのうち電話が鳴りっぱなしになった。テロップを見た方々が問い合せて来た。『ままや』が臨時の連絡場所になっていった。

午後四時半、いつものように早めの夕飯が用意される。

「ちゃんと食べておいた方がいいですよ」

板前の声で我に返り、夕飯を口に運ぶ。味が全くなくて、食べることが苦痛で、胃にただ流し込んだ。

「ムコウダ」の名前が乗客名簿にあったことが明らかになり、「K・ムコウダ」、「ムコウダ・クニコ」になったのは、何時頃だったか。全然、覚えてない。

大変なことになった。夢にも思わなかった航空機事故にまきこまれた……。

いつのまにか、店内は大勢の人でごったがえしていた。店に入りきれない人も大勢いた。数人、いや数十人、わからない。あふれかえる人、人、人……。フラッシュがたかれ、カメラのシャッターが切られ、いきなり私はインタビューを受けることになった。

どういうことなの？　なんて役回りになったの？

逃げ場もなく、向き合いたくない、厳しい現実がつきつけられた。

まわりがひっそりしたのは、何時頃だったろう。店内と店外に新聞や雑誌、弁当の容器、煙草《たばこ》の吸いがらの山が築かれ、人の声と気配が消えた。ポツンとひとり取り残された。

一夜明けても、台風の真《ま》っ只中《ただなか》にいるような感じだった。のんびり、じっくり考える余裕など与えてくれない。次から次へと処理する事が押し寄せ、片付けなくてはならない。航空機事故、それも台湾。兄の保雄《やすお》が身元確認のため、ひとりで旅立った。

重大事に直面した時や人生の節目ふしめにいつも傍にいて、支えて、守ってくれた姉邦子。その人がいない。突然、消えた。死んだとは信じたくない。そんなこと、あるわけない、あるはずない……。

とりあえず、どうすればいいんだろう。何をしたらいいの。姉ならどうしたか。姉はどうして欲しいだろう。邦子が話していたなかに答えはあるはずだ。そんな気がしてならなかった。

「命あるものを最優先すべし」

姉は事あるごとにそう話していた。姉なら、そうするはずだ。命あるもの、それなら母とマミオだ。マミオは姉と同居していた、コラットと呼ばれるブルー・グレイの愛猫《あいびょう》である。


偏食・好色・内弁慶・小心・テレ屋・甘ったれ・新しもの好き・体裁屋・嘘《うそ》つき・凝り性・怠け者・女房自慢・癇癪《かんしゃく》持ち・自信過剰・健忘症・医者嫌い・風呂《ふろ》嫌い・尊大・気まぐれ・オッチョコチョイ……。

きりがないからやめますが、貴男はまことに男の中の男であります。

私はそこに惚《ほ》れているのです。

（「マハシャイ・マミオ殿」『眠る盃《さかずき》』所収）

と恋文をつづったマミオは青山のマンションの部屋で主人の帰りを待ち侘《わ》びていた。

「どんなことが起こっても、『ままや』は開けてなくちゃだめ。そういうものだと思うよ。どんなことを言われても、やりつづける。そうして欲しいなあ」

姉からそう言われてた。

母とマミオと『ままや』は姉から手渡された、かけがえのない贈り物だ。

マミオの世話をするため青山のマンションに通い、これまで通り母と赤坂で暮らす。そして「こんなときに」と陰口を叩《たた》かれたが、『ままや』の営業はつづけた。『ままや』はその後も報道関係者との連絡場所になっていた。店を閉めたら、報道陣は赤坂のマンションに押しかけてくる。心臓の具合の悪い母はとても持ちこたえられそうにないし、隣近所にも迷惑がかかる。私だって、おかしくなりそうだ。姉はもろもろのことを見越していたに違いない。かなり後になって、そう気付いた。

姉の仕事場兼住まいの青山のマンションへ母と移り、マミオと生活を始めた、その日、遺体が確認されたと連絡が入った。

母は十年あまりの間に青山のマンションを五回も訪問していなかったはずだ。訪ねても、半日と滞在することはなかった。食事会のあとさきや青山あたりの買い物に誘われ、待ちあわせの時間つぶしにお茶を飲む、といった程度。冷蔵庫の扉ひとつ開けたことなく、本の一冊とて動かすこともなく、台本には触れたこともなかったはずだ。そんな母がいきなり姉のベッドで寝ることになった。帰ることのない娘の部屋で。しかし、母は涙を見せることはなかった。

遺品の整理

主《あるじ》のいない住まい。空間がいつもより広く感じられた。残暑は厳しかったが、ひんやりする。時折、普段はあまり鳴かないマミオが野太い叫びをあげ、猫部屋から出て来ようとしない。人の気配におびえ、固まっていたのだ。

仕事場、居間、応接間兼用の二十畳の部屋と寝室、それに猫部屋、物置、台所、風呂場《ふろば》、洗面所に地下の倉庫。それが、姉の住まいだった。

二十畳の部屋には、大の大人が楽々と寝られる革張りのソファとそれに見合う大きさの長方形の黒テーブル、黒の肘掛《ひじか》け椅子《いす》が置かれてあった。それにテレビ、物置台と化した大きな机、木目のユニット家具、原稿書きと食卓を兼ねた簡素な四角いテーブル。壁には作りつけの戸棚と本棚。そこには李朝《りちょう》白磁の壺《つぼ》、タイで買った太鼓があった。普段なら新聞と週刊新潮、週刊文春、週刊朝日、小説新潮、オール讀物《よみもの》、ミセスなどの雑誌が山積みになり、読みかけの本や寄贈された本があちこちにひとかたまりの山をなす。絨毯《じゅうたん》の上はいつも本や雑誌の山また山で、つまずきそうになった。しかし、主がいなくなったいま、大の大人が何人も寝転がれそうな空間が出来ている。

整理して飛び立ったのか、台湾へ。寝る暇もないほど忙しかったのに……。

ドキッとした。

整理整頓《せいとん》は姉の数少ない苦手なことだった。

むしの知らせでもあったのか。まさか……。

姉が急にいなくなった。その事実が信じられない。信じたくない。しかし、現実は厳しく、遺品の整理をしなくてはならなかった。

姉が旅行に出るたびにマミオの世話と簡単な整理を頼まれていた。姉の指示通りにマミオの食事を用意し、水を取り替え、手紙や新聞、週刊誌を整理する。所要時間はおよそ十五分。その間は一杯の水も飲まず、ほかのものには一切、手を触れない。姉からそうして欲しいと頼まれたわけではない。それが私のやり方で、そうすることがわかっていたから、姉も頼んでいたのだろう。

だから、どこに何があって、どうなっているか、初めて知ることばかりだった。

全集や百科事典などは大きな段ボールに詰められ、猫部屋に何箱も並んでいた。書類などが入った大きな紙袋や茶封筒もいくつもある。本や雑誌はひと通り、なかを見た。あとで切り抜くつもりだったのか、その時々の心覚えなのか、紙切れがはさまっていたりした。マミオの臭《にお》いがそここに沁《し》みついている。臭いとの我慢くらべとなった。部屋の片付けはマミオとの距離を縮める一歩でもあった。

茶封筒には直木賞受賞時の祝電や領収書、支払明細書などが詰め込まれていた。五年も六年も前のものもある。ちゃんと整理しないまま保存しているから、必要な時に見つからない。よく、そんなことがあった。

二十畳の部屋にスチール製の整理棚が三箱あった。姉好みでない素材なので違和感を持ったが、抽斗《ひきだし》ごとに「説明書」「スクラップ」「年金」「保険」「(外)旅行」「手紙」「名刺」「要返・切」「う」等々、見出しが付いている。

「う」は〝うまいもの〟の略である。取り寄せたいものの新聞や雑誌の記事やチラシを破ったり、ちぎったり、あるいは気に入った頂きもののしおり等を保管していた。「う」の抽斗だけは分類もしっかりしていた。しかし、入りきらずにベロを出していた。あとは融通無碍《むげ》、分類をまたがり、見出し通りではない。

買いだめが好きなのか、せっかちで思いついたら買わずにいられないのか、同じものがたくさんある。熨斗《のし》袋は大中小、さまざまな大きさが揃《そろ》い、祝儀袋《しゅうぎぶくろ》と併せると一体、何年分かと思うくらい。大学ノートと普通のノートも数十冊あり、ほとんどなかは真っ白。鉛筆、セロテープ、筆ペンだけで段ボール二箱。PHILIPPE・SALVETの綿の長袖《ながそで》シャツは黒、グレイ、茶、グリーン、臙脂《えんじ》、モスグリーンと約三十枚、ロベルタの小物バッグ、新品の下着類は約二十枚もあった。

大きなお金はなく、一か所の抽斗に通帳と印鑑が一緒にあった。どのハンドバッグからも百円、十円、五円、一円の硬貨が数十個単位で出てきた。小銭入れを持たない人なので、ハンドバッグのポケットに投げ込んでいたのだ。ポケットには硬貨だけで、メモ用紙の類《たぐい》、名刺などは一枚も入ってなかった。

本棚の前列にはタイから持ち帰った宋胡録《すんころく》の小壺が並び、八十個くらいはあったろうか。ただし、お値打ちのものはほんのわずかしかなかった。

ロベール・クーチュリエのリトグラフが二点、ここに移った当初から居間にかけられていた。裸体の線画である。気に入っていたのか、それとも疲れない絵だったのだろうか。一番のお気に入りは、藤田嗣治《つぐはる》のリトグラフ『猫』だった。この絵の前で収まっている写真が多い。そして、長谷川利行《はせがわとしゆき》の油絵『女優像』。父敏雄《としお》が勤めていた会社のカレンダーは毎年、長谷川利行の作品と決まっていた。社長が利行の蒐集家《しゅうしゅうか》だった。姉は心惹《ひ》かれ、いつか手に入れたいと思っていた。

玄関にかかっていたのは、小絲《こいと》源太郎の書。金箔貼《きんぱくば》りの短冊《たんざく》に紫色の油絵の具で、

　春立つや悲しきものは象の芸

と書かれてある。ブルーグレイの地に木枠で額装されている。

寝室入り口の壁には片岡球子の『富士』。色づかい、丸みのある線など大らかな画風に安らぎと元気をもらっていたのだろう。

玄関の正面には中川一政《かずまさ》の書がかかっていた。

僧敲月下門

詩や文章の字句を何度も練り直す意味だという。自らに戒めていたのだろうか。

所有していた、中川一政のもうひとつの書は、

もう、我は駄目だと思ふ時もある　やつてゆかうといふ時もある

画布の半分に寝そべった虎《とら》が描かれ、遊び心に満ちている。寅《とら》年生まれの私のお気に入りだ。廊下には時々、山本梅逸《ばいいつ》の日本画『菊』と『雀《すずめ》』がかけられた。

手帳の類は数冊あったが、自分で買ったものはなく、TBSや文藝春秋《ぶんげいしゅんじゅう》からの頂きものばかり。手帳の携帯者メモに「向田邦子　B型　東京都港区南青山」と書き込まれているが、元旦《がんたん》からの予定表はどれも真っ白のまま。メモらしきものも残っていたが、原稿用紙に名前や○、×、矢印などが書かれた暗号のようなもので、意味がわかりにくい。

食料品は衣類や文房具のように買いだめがきかないが、それでもビール、梅

干し、瓶詰、缶詰などたくさんあった。冷蔵庫には、少しだけ残った海苔《のり》の佃《つくだ》煮《に》とケチャップ、マヨネーズ。冥利《みょうり》が悪く、捨てられないのだ。昭和一桁《ひとけた》生まれの性分か、個性なのか。

数冊のアルバムに整理された一群の写真があった。雑誌「映画ストーリー」の編集者時代のもの、春と秋の社内旅行などの写真だった。

昭和二十年、三十年頃、社内旅行は楽しい行事だった。どの写真のどの姉の顔も、その楽しさを物語っている。

黒のセーターは姉が自分で編んだもの。チェックのプリーツスカート。これもお手製だ。臙脂と格子《こうし》のブラウス、帽子をかぶっているもの。これも自分でつくったものかしら？　黒のジャンセンの水着姿……。次から次へと面白がって見ているうちに、初めて見る姉の二十代の輝きに、これって何なんだろう、とふっと胸によぎるものがあった。

だが、あれこれ思いを巡らしている暇はない。海外旅行の際、よく使っていたスチール製のトランクのなかにとりあえず、すべて詰め込んだ。

本棚の本や宋胡録、お皿なども段ボールに詰めた。

かつて本や雑誌の山で座る場所もなかった居間は、いまや段ボールが所狭しと積み上げられた。邦子の匂《にお》いも箱詰めにされていった。

茶封筒のなかの〝秘め事〟

猫部屋に引きこもり、誰もいなくなると餌《えさ》を食べに出て来て、夜は時々鳴いていたマミオが姉の四十九日を過ぎる頃を境に変わってきた。タッタッタと速足で廊下に現れ、居間の端から端を探索し始めた。時々、ウオッウオッと唸《うな》りながら、台所、洗面所と開いているところを歩きまわる。タッタッタと何度も繰り返す。まるでご主人を探しまわっているみたいだ。それは一週間くらいつづいただろうか。

夜、だだっ広くなった居間に私ひとりが布団《ふとん》を敷き、横になると、マミオは鳴きながら布団のまわりを歩き回った。そして、布団から出ると、手や足に噛《か》みつく。

「マミオ！　何するの。何が言いたいんだ。お前のご主人はもういないんだよ。

探したっていないんだよ、あきらめるんだよ」

しかし、効果はなかった。ある日、ひっかかれるのを覚悟でマミオの両前肢《あし》をつかみ、顔を近づけ、目をじっと見つめて言った。

「マミオ、いいかい、今日から私がご主人だよ。嚙みたいだけ嚙んでみろ。お前には負けないから、やってみなさい。……お前もつらかったんだよなあ。さみしかったよなあ、悲しかったんだね……。でも、しかたないんだよ」

マミオは二、三回ガブリと私の手首を嚙んだ。しかし、緊張の対決に私もマミオもぐったりした。へなへなと座り込んだ私のそばで、マミオも長々と寝そべってしまった。

それから間もなく、マンションのエレベーターを五階で降りると、マミオは玄関まで迎えに出てくれるようになった。

母は邦子の住まいが便利であろうと、広かろうと、終《つい》の棲家《すみか》は三年前に移り住んだ赤坂のマンションと決めていたらしく、青山のマンションでは整理と荷造りに専念する風だった。

母の決定はいつもギリギリに下される。長男の保雄《やすお》、次女の迪子《みちこ》、三女の私が思い思いにああだ、こうだと言うのを黙って聞いて、泳がせておいて、ここ一番というときに言葉少なく、感情を表にあまり出さず、きっぱりと、

「お母さんはこうします」

と宣言する。

姉の遺品をどうするか、というときも、そうだった。

「邦子の遺品はすべてお母さんが一時、預かります。赤坂のマンションに持っていきます」

赤坂のマンションは二LDK。家財道具はそう多くはないが、すべての遺品はとても納められそうにない。本は書庫を別に借りなければ、とても無理だ、と考えていた矢先、姉の母校の実践女子大学から図書館で預かりたい、と申し出があった。母は一か所にきちんと保管してもらえるのはありがたいと言い、お渡しすることにした。

スッキリと整理された本棚には、留守番電話と電話器がポツンと残った。

地下の倉庫にはこの機会に入った。姉もほとんど出入りしなかったのだろう、埃《ほこり》だらけだった。段ボール箱、猫の檻《おり》、絵画の空ケースがたくさん投げ込まれ

ている。

最後にもう一か所だけ残った。玄関から居間に入ると、その左手が台所で、その手前に四畳くらいの物置がある。姉が出入りする姿を見たことがなかった。とば口にビールのケースが置かれ、買い置きの缶ビールが残っていた。まわりは安普請《やすぶしん》の棚で、その上にはトイレットペーパー、使わなくなった毛布類、箱詰めの食品、引出物の箱に入った器、茶封筒がいくつかあり、あまり動かされた気配はなかった。

一冊の大学ノートと二冊の手帳、数通の手紙が入っている茶封筒を見つけたのは姉の迪子だった。内容を確かめもせず、私に手渡した。

「これ、カメラマンの人とのものだと思うよ。あなたが持っていなさい。いつか見せてもらうかもしれないけど。いろんな事が落ち着いて、気持ちの余裕が出来たら、あなたも読んだらいいと思う……」

その時、私はピンと来なかった。

姉の〝秘め事〟を知ろうともせず、当面の用事にかまけた。

青山のマンションで過酷な時間を過ごした母は、限界に達していた。赤坂に帰りたい、帰りたい、と弱音を吐いた。青山へ来て、かれこれ半年が過ぎていた。

姉の書画骨董《こっとう》、生活用品、洋服、靴、帽子、生原稿、レコード、美術書、料理本、あらゆる品々を赤坂に運び入れた。

邦子が荻窪天沼《おぎくぼあまぬま》の実家から独立し、霞町《かすみちょう》、青山と引っ越すたびに大切に持ちつづけた〝秘め事〟の茶封筒を抱え、母とマミオと私は赤坂のマンションに戻った。昭和五十七年二月のことだった。

『父の詫《わ》び状』へのお詫び

〝秘め事〟の茶封筒は私の部屋の戸棚の奥にしまいこんでしまった。なかを覗《のぞ》いてみたいという気持ちがないではない。でも、まだ踏み込めない。踏み込むことが姉に失礼というより、もう少し時間が経《た》って、自分の気持ちを整理してからでないと、真《ま》っ直《す》ぐ向き合うのは無理だ。真意をきちんと受け取れそうになかった。

姉が自分について語ることは少なかった。私と九つ離れていたからではないと思う。私以外の兄妹にも語っていないようだ。父や母、兄や妹のことも私に話さなかった。私が見て感じる父であり、母であればよく、自分の考えや印象を押しつけたりはしなかった。私も妹としての向田邦子・向田家像を持っていて、ずっと過して来た。姉のエッセイを読んでも、「ふぅ〜ん。そんな風に見ていたんだ」と軽く感じる程度だった。

姉が死んでからの一年、二年は手探りの状態だった。なにがどうなってるか、よくわからなかった。どんな思いで過ごしたか、自分のことなのにあまりよく覚えていない。航空機事故による突然死がもたらしたショックと忘却だ。

三年、五年と過ぎ、その間、姉の匂《にお》いのする大切な預かり物だったマミオが死んだ。姉について取材を受けたり、仕事で関係のあった方々や知人のお話を聞くうちに、姉としてだけでなく、向田邦子の仕事や生き方、生活などについて自然と向き合うことになった。難しいことはわからないが、姉をひとりの女性、人間として見直してみたい。そんな思いが少しずつ芽生えてきた。

姉は五十一歳と九か月で、この世を去った。死から九年後、私も姉と同じ長さの時間を生きたとき、なんとも言い難い思いに襲われた。ただ単純に〝同じ長さの時間を生きたんだ〟としか言いようのない思い……。

それまでは、いつも九歳年上の存在だった。そういう意識が、いつも存在していた。でも、同じ長さの時間を生きて、ここからは同じ位置についた。そんな感覚だ。少しずつ姉の内面に触れても許されるかもしれない、と思い始めていた。

姉が話してくれるまで、私はなにも訊《き》かなかった。「いま、どういう仕事をしているの？」とか、「どうして、そう思うの？」「なんで、そんなことするの？」と訊いた覚えがない。そういうことは訊いてはいけない気がしていた。それは私だけではない。うちの家族はそろいもそろって、質問しない。ひとの内面に必要以上に立ち入ることはなかった。しかし、五十一歳と九か月を機に私自身が変り始めていたのかもしれない。

姉の作品をすべて読んでいたわけではなかった。

「こんなもの書いたから読んでみて」

と連絡が入ると、読まなければならなかった。せっかちな姉はすぐに「読んだ？　どうだった？」とミーハーな私に感想を求めた。とはいえ、すべての作品に感想を求められたわけではない。脚本は二、三本読まされた程度である。姉のエッセイや小説はごく限られたものを、ただ文字を追っていたにすぎない。だから、あらためて読んでみようか、という気持ちになっていた。

迷わず『父の詫び状』から取りかかることにした。乳癌《にゆうがん》の後遺症と血清肝炎で病んでいた時、「誰に宛《あ》てるともつかない、のんきな遺言状を書いて置こうかな、という気持もどこかにあった」と本人が白状している。きっと本心や真情がどこかにひそんでいるように思えた。

久しぶりに丸ごと一冊読んでみる。姉が生きていた頃は、〝なんで、こんなこと書くの?〟という疑問もあった。口にこそ出さなかったが、そんな私だけのつぶやきはずっと消えることなく残っていた。しかし、疑問とつぶやきの数は跡形もなく消えていった。かなりいい加減に姉の気持ちを受け止めていたことにびっくりした。時の経過が気持ちをおだやかにしてくれるのかとも感じた。

姉は『父の詫び状』を利《き》き腕の右手でなく、左手で書いた。あの頃、血清肝炎がもとで右手が全く利かない状態だった。一冊の本を書き上げるには、相当なエネルギーが必要だ。しかも、その一冊は普通の本ではない。「のんきな遺言状」である。ただ書くだけでも大変だったろう。幸い私にはなんの不自由もない。つづいて『父の詫び状』を書き写す作業をやってみようと思った。

一日に二百字の日もあれば、六百字の日もあり、全く書き写さない日もあった。決まりはこれと言ってない。ただ、なんとなく正座して書いた。言葉や文章の意味を考えながら書き写したわけではない。言葉や文章を吟味する、といったこととは私は無縁の人間である。でも、姉は左手で書きながら、家族やひとに対して、どんな思いになっていたのか、といったことを考えるともなく、考えていた。実際に書かれた文章や言葉から姉の思いがひしひしと伝わって来る。直接、書かれてない文字や行間から訴えかけて来るものもあった。姉の真意の深さを初めて知ることもあった。

書き写す作業を終えて、私は反省した。記憶の隅にひっかかっていたことや自分の思い込みで、姉の思いを推し量っていた。勝手に向田邦子像をつくりあげていた。だいたい自分のことさえよくわかってないのにひとのことを理解するなんて、おこがましい。出来っこない。

それにしても、どうして姉はこんなにも大人だったんだろう。

疑問がまたひとつ生まれた。姉の心のひだの奥深さを新たに思い知った。

それでも、物事を知ろうとする私の気持ちはひとが驚き、呆《あき》れるくらい、ゆっくりである。疑問をすぐに解明しようとしないまま、頭のどこかへ、心の片隅へと追いやってしまう。

『ままや』の切り盛り、年老いた母との二人暮し。これはこれで、なんだかんだと慌《あわ》ただしく、いつも時間に追われていた。

故郷《ふるさと》もどきへの〝嫁入り〟

八十を過ぎてから、母は口癖のようにつぶやくようになった。

「邦子の生原稿や洋服、絵や骨董《こっとう》なんか、どうしたらいいのかねぇ。和子はどう思う。和子にまかせるけれど……」

母の思いはよくわかっていた。母が生きてるうち、万が一ボケたりしないうちに、どうにかならないものか。のんきな私も気にかかり、いつもひっかかっていた。でも、誰に相談を持ちかけるでもなく、そのうち時が解決してくれる。そんな気持ちがぼんやり、どんと居座っていった。

「お母さん、大丈夫。きっとうまくいくわよ。お母さんは運が強いんだから。いつか思ってもみなかったことが起きて、すべて丸くおさまる気がする」といつも答えていた。

私の十八番、〝すべてはなるようにしかならない。ゆったりかまえ、その時が来るのを待つ。あせらず、あせらず〟である。

母が八十七歳の頃だろうか、鹿児島市から思ってもみなかった話が舞い込んだ。近代文学館をつくるにあたり、鹿児島にゆかりのある作家の一人として、遺品の提供を求められたのだ。

「市が管理してくれるなら安心してまかせられる」「しかし、鹿児島はあまりに遠い。めったに行けそうにない」「いや、分散しないのは、ありがたい……」。思いつくまま、母と話し合った。もしかすると、私がひとりでしゃべっていたのかもしれない。いつものようにこちらを泳がせておいて、母がポツリと言った。

「鹿児島に嫁入りさせよう」

その時、長い間のしこりがストーンと落ちた。

「さすがお母さん。うまいこという。こりゃいい、最高。決まり！」

なんて気分がいいんだ。

「お母さん、これで安心して死ねるわね」と口から出かかって、慌《あわ》てて言葉を呑《の》み込んだ。

邦子は父の転勤にともない鹿児島に住んだ。小学校三年から五年にかけての二年間だが、鹿児島は「故郷《ふるさと》もどき」と呼ぶ、愛着のある土地だ。母にとっても、あの頃は夢や希望にあふれ、楽しかった時代であり、第二の故郷なのだ。

やはり母は運が強かった！

狭いマンションから邦子の荷物がなくなる。そう考えると、ほっとしたのも本心だが、淋《さび》しくもあり、悲しくもあり、同時に欲まで出て来た。中川一政《かずまさ》先生の書や絵画だってあるんだし、全部あわせたら、一体どれくらいになるのか。先方は「引き取るにあたって、予算はあります」といったニュアンスのことも話していた。〝嫁入りだから、本当はこっちが持参金を用意する方だけど、その逆で、先方と駆け引きしたら、どうなる？〟とひとり勝手に想像し、「いくらで引き渡そうか」と露骨な話まで母に持ち出してみた。

「そういうことは、考えたことないし、誰かに訊《き》くのもおかしいよ。さて、どんなもんだろうネ――」

私の取らぬ狸《たぬき》の皮算用と戯言《たわごと》をいつものように聞き流していた。あれこれ考え、〝お遊び〟をやり尽くした後、ふっと、お金がからむと気も心も休まらないことに気づいた。

大切なものを預かっていただける。しっかり保存していただける。それだけでありがたい。お金がからまないで済むなら、その方が楽だし、幸運だ。寄贈することに思い到《いた》った。

「それがいい。大切に扱ってくれるのが一番だよ。これで、お母さんもほっとした。邦子は文句ひとつ言わず、家のため、みんなのためによくやってくれたからね。お母さんをよく助けてくれたよ。〝すまないね〟と言うと、〝二人だけの秘密にしておきましょうよ。きょうだいが気がついたら、それはそれ。なにもお母さんから言うことない。そうしたら〟と言うんだよ。あの人は、子供の頃から勉強が出来るとか、頭がいいとか、そういうのとは、ちょっと違う人だった……」

堰《せき》を切ったように母は邦子の思い出を語った。邦子の持ち物は自分の意に添う形にしておきたい。その望みが叶《かな》い、喜びがこみあげて来たのだろう。

鹿児島行きの荷物の整理は大仕事になった。狭いマンションは足の踏み場もなくなるほどだった。ひとつひとつ点検し、鹿児島へ送る物はメモをとり、段ボールに入れる。衣類に本、雑貨、細々とした物……姉に似て、かたづけが苦手で、大嫌いな私は、手が動く前に頭が痛くなり、なにもしないうちにくたびれてしまう。母はそんな私に気を揉《も》みながら、ちょこんと坐《すわ》って、様子をながめていた。

「それは、紅白歌合戦の審査員になった時に着た服だネ。植田（いつ子）先生の服なら、あんた着られないのかい。それも鹿児島行きかい。和子、バカ正直になって、あとで悔やんだりしないでくださいよ。納めたり、あげたりしたものは、返してとは言えないよ。〝これください〟と指定されたんじゃないから、自由にしていいんだよ。中川一政先生の絵の一枚や片岡球子の『富士』の絵……あれ好きなんだろう。保雄《やすお》も迪子《みちこ》も何も言わないよ。それくらい和子の手元に置いてもいいんじゃないかい。みんなに遠慮しなくていいから」

いざとなると母は強し、賢し。気持ちの揺れをすっかり読まれてる。お手上げだ。

「お母さん、私も欲の皮がつっぱってるんだネ。でも、ここで一枚もらうと、これもあれもって、どんどん自分の物にしたくなってしまう気がする。邦子さんの物は、鹿児島に会いに行く楽しみにするよ。自分の身の丈《たけ》に合った物にこれから出会ったら、私の物にすればいい。お母さんの気持ちはすごくうれしいけど、中途半端《はんぱ》にしない方が邦子さんも喜ぶし、邦子さんらしいと思う」

なんでこんな物を捨てなかったんだろうと思う領収書やメモ、手あかのついた日用品の数々に再会した。どれもこれも邦子である。姉の思い出を母と話しながら、荷物の整理を終えた。

思いもよらなかった〝嫁入り〟は母と私に貴重な時間と、うまく言葉にできないが、これからのことで確かな手応《てごた》えを与えてくれた。推理小説を読んでいて、だんだん犯人がわかりかけてきた。そんな気分だろうか。

平成十年一月、『かごしま近代文学館』はオープンした。その一角に向田邦子の遺品は常設展示されている。

『ままや』の暖簾《のれん》をたたむ

遺品の〝嫁入り〟が終わった平成十年三月、姉と始めた『ままや』を閉店した。

二十年やったことになる。最初の三年三か月は二人三脚だった。いざとなれば、自称「黒幕兼ポン引き」に責任をとってもらえる。無意識のうちに甘えていた。「黒幕兼ポン引き」にスパッと去られて、ひとりでやるしかない状況になった。十年、店をつづけたら、姉の意志に応《こた》えたことになると勝手に思った。「よくがんばった」と褒めてもらえそうな気がして、どんな事があっても十年はやる、と誰に相談するともなく決めていた。そして十年経《た》った時、ひょんなことで病気になり、入院するはめになった。『ままや』をたたもうと思った。母も、姉の迪子《みちこ》も賛成してくれた。

ところが、店で働く人が賛成してくれない。『ままや』は閉めないで欲しい、自分達でやって、うまく行かないなら、あきらめるが、一か月でも二か月でもやりたい、と言われた。これもいい経験だろう、と口出しせず、おまかせすることにした。私も退院後は店にこれまでの半分の労力しか傾けず、少しずつ体をならして行った。精神的にも必要以上に力が入っていたことがわかった。一歩も二歩もさがって『ままや』とかかわることで、こんなにも楽になれる。働く仲間の大きな協力や支えがあって、最初の十年があったのだ。そのことがしみじみと感じられた。十年目の病気がもたらした大きな〝福袋〟である。その袋からどんな福が出て来るのかを楽しみに、もう十年を過すことが出来た。

とはいえ、『ままや』から解放されたいという思いは消えなかった。『ままや』を取り巻く赤坂の空気も、時代の流れとともに冷たく、馴染《なじ》めないものに変わっていた。そこに在るだけで心のなごむ、手焼きの小さなお煎餅《せんべい》屋さん、駄菓子屋、親子でやっている豆腐店。店内は十人も入れない、おにぎりとお稲荷《いなり》さん、お汁粉、いそべ巻のお店。すべて自家製だった。いつ行っても、家族でやっているあたたかさと赤坂の喧騒《けんそう》からかけ離れた静けさがそこにはあった。一軒、また一軒と消えて行く。

『ままや』は姉からの贈り物だった。しかし、どんなすばらしいものでも、それに振りまわされたくない。誰よりも、そういったことを望まないのは姉だ。余裕や余韻をたっぷり残して、きれいさっぱり幕をおろしたい。私の意地と見《み》栄《え》だったが、誰になんと言われようと、その決心は変えたくなかった。よくつづけた、よくやった、という自己満足と肩の荷がおりる解放感、時間の自由……数えあげれば、きりがないが、熱い思いが胸のうちでうず巻いていた。

邦子が死んで十七年目。母九十歳、私は六十歳を迎えようとしていた。

平成十年三月末、惣菜《そうざい》・酒の店、『ままや』の暖簾《のれん》をたたんだ。

私の知らない姉

待ってました、束縛のない時間。

なんとも心地よく、ふつふつとうれしさがこみあげて来る。

あれもしたい、これもしたい。いっぱい詰め込みすぎて、いざ、その時が来たら、パーンと破れて、飛び散った。うれしさはいつの日かしぼんでしまった。

三度の食事をちゃんと作り、テレビ漬けになり、九十歳の母の生活パターンにしっかり添って、二十年の空白を埋める。そう言ってしまうと、親孝行ぶって聞こえるかもしれないが、『ままや』をやめても、私の性分は変わらなかった。テレビを観《み》つづけるだけではもったいない。手は動かそう。そう考えてしまう。三十年ぶりで編物を始めた。手始めに自分のセーターを編んだ。まずまずの出来。自分のものばかりでは気がひけるので、母のセーターとカーディガンを編んだ。まあまあの出来だったが、「もったいない」と母は簞笥《たんす》にしまいこんでしまった。喜んでもらえないと、やる気も失《う》せて、肩も凝るから、たくさん仕入れた毛糸も押し入れ行きとなった。

母も私も次第に息苦しくなり、息切れしてきた。距離の取り方がまずかった。『ままや』をやっていた二十年の生活のリズムは母にも馴染《なじ》んでいた。突然、生活のリズムが変わった。九十歳という母の年齢に気を取られ、残り少ない時間をともにゆっくり過ごそうと、やけに粋《いき》がってる自分に気づいた。肩から力が抜けて、これまで通り自然体で行くことにした。

向田の家は突然死の系統なのかもしれない。邦子は航空機事故で五十一歳と九か月で死んだ。兄保雄《やすお》も平成九年七月、六十五歳で動脈瘤《りゆう》破裂で死亡。父敏雄《としお》も心不全で急死、享年《きようねん》六十四。母がいまなお元気でいることを考えれば、突然死は父の系統か。ならば、私だって、ぽっくり逝《い》く可能性は決して低くない。そんな恐れがいつも、どこかにあった。

還暦を過ぎれば、重い病気もボケも、突然死だって、なんでもありだ。まだ整理していない姉の写真などを自分の判断できちんとしておきたい。『かごしま近代文学館』に〝嫁入り〟させた写真は、姉が脚本家、小説家として世に出てからのものだった。プライベートで撮った、二十代のおびただしい数の写真は手元に遺《のこ》ったままだった。捨てがたい、かといって、誰かれにあげるわけにもいかない。母は和子が処分しなさいと言う。いざとなったら、姉の墓の前で焼くか。そんなことまで考えた。ダメでもともと出版社に相談してみた。「すべて預かります」と文藝春秋《ぶんげいしゆんじゆう》さんが言ってくださった。その上、邦子の写真を主体にして、私の文章を少し入れて一冊の本にまとめる、という話まで持ち上がった。姉の若き日が消えることなく、形に残る。思ってもみなかったことが、またひとつ起こった。ありがたいと即座に引き受けた。

姉は若き日のポートレートを見せてくれなかったように思う。私も見た覚えがない。写真は世に出てから、新聞や雑誌、テレビで写されたものを時折、見ただけだった。死後、出版社やテレビ局などから求められ、必要に応じて写真を探し、その場をしのいで来た。いつしか決まりきった何枚かの写真が使われ、写真が撮られた状況や背景すらわからなくなっていた。

思ってもみなかった『向田邦子の青春』という本をまとめるにあたり、若き日のポートレートと向き合うことになった。

姉の顔をまじまじと見るなんてことは、そう滅多にない。鼻は団子で安定している。口は大きい。目はパッチリしている。顔は小さめだから、写真うつりはいい。

写真を撮られる時は、誰だって澄ました表情をするし、よそ行きの顔をする。でも、なにか違う。そこには私の知らない姉がいた。

手編みの黒のセーター、チェックのプリーツスカート、チェックのブラウス……。どれも見なれた洋服ばかり、見なれたはずの姉だった。でも、写真のなかの姉の表情は私の見なれていたものとは微妙に違った。

どこか遠くを見つめている。かと思うと、カメラに親しげな眼差《まなざ》しとあたたかい表情を送っている。二十代の輝きときらめき、可憐《かれん》さ。その一方で、憂《うれ》いと暗さのようなものも感じられる。それに、撮影者その人の眼差しを感じる……。

これって何だろう。

十数年前にふっと胸によぎった疑問が甦《よみがえ》った。

ポートレートを一枚、一枚ながめていると、そこに写っていない父や母、家族の姿まで自然に浮かんで来る。当時、私にはわからなかった、知ろうともしなかった、さまざまなことが姉や姉のまわりで起こっていた。

一番若い写真は姉が二十一歳で、末っ子の私は十二だった。実年齢よりはるかに差があると思っていた大きな存在だった。遺された写真をじっくり見ていると、写ってはいない遠い景色がぼんやり見え隠れする。生きた年月が姉の年齢を越えて、初めて見えて来た景色なのかもしれない。

N氏との出逢《であ》い

姉が二十一歳、と言えば、昭和二十五年（一九五〇年）のことで、この年の三月に実践女子専門学校（現在の実践女子大学）を卒業している。

父敏雄《としお》はそもそも娘を大学へ進ませる気などなかった。「受験だけでもさせて欲しい」と姉が食い下がり、その勢いのあまりの凄《すさ》まじさに母も父に頼み込んだという。当時、目黒の祐天寺《ゆうてんじ》に住んでいたので、渋谷《しぶや》の実践女子専門学校は近かった。また、母は実践を良妻賢母を育てる学校だと思い込んでいた。邦子は無事合格し、「学校の先生になります」と手をついて父に入学許可をお願いしたと聞く。しかし、三か月もしないうちに父は仙台へ転勤となり、邦子と長男の保雄《やすお》は麻布《あざぶ》市兵衛《いちべえ》町《ちょう》に住む母方の祖父母宅のお世話になった。姉は卒業後、他の大学に行き直したいと母に申し入れたが、今度はガンとして受け入れてもらえなかった。

就職先は自分で探してきた。父はその年、今度は東京本社勤務となり、わが家は三年ぶりに一家六人で杉並区久我山《くがやま》の社宅で暮らすことになった。

姉の就職先は四谷《よつや》にある教育映画をつくる財政文化社だった。社員は十人程度で、邦子は社長秘書だったが、それは名ばかりで、算盤《そろばん》も弾《はじ》けば、お茶も淹《い》れる雑用係だったらしい。どんな仕事をする会社か、くわしいことは聞いてない。社員はユニークな人が多く、後にカメラマンや画家、翻訳家として名を成した人もいたという。学校出たての邦子は衝撃を受けた。大いに刺激を受け、啓発されたようだ。英会話学校に通い始め、「私は何をしたいのか。私は何に向いているのか」（「手袋をさがす」『夜中の薔薇《ばら》』所収）探し始めていた。面白いものを見つけようと目を光らせていた。ボンヤリしている時間はなく、寝る時間さえ惜しい。そんな雰囲気を漂わせていた。

その頃、邦子はおびただしい数のポートレートを撮ったカメラマンとも出逢っていたようだ。

財政文化社は家庭的な会社だった。新宿御苑《ぎょえん》でパーティが開かれ、姉に連れて行かれた。十歳そこそこの私は人見知りせず、その場の雰囲気に溶け込めた。姉から会社の方を紹介された。気の合った女性の先輩・清水さん、絵かきさん……。そのカメラマンもいたような気がするのに、どうしても思い出せない。

母が姉の縁談に躍起になったのも、その頃だった。姉についてはなんの不安もなかったはずだ。なんでも器用にこなすし、こまめで、困ったことがあれば、母は相談し、頼りにしていた。姉もまた、それが習い性になり、そつなくこなしていた。しかし、良妻賢母を育てる学校を出した、と母は思い込んでいたにもかかわらず、娘は違った方向へ歩き始め、自分の望む姿から遠ざかっている。そのことを母は案じていた。以前、住んでいた祐天寺などに足繁《しげ》く通い、見合いの相手を探して来た。姉も母の熱意を無視できず、何度か見合いをした。しかし、姉の眼鏡にかなう相手は現れなかった。それでも母は懲《こ》りずに見合い話を探しつづけた。

「今度こそ、うまくゆきますように」

まるでわがことのように姉の返事を待っていた母の姿を憶《おぼ》えている。子供心に母の気持ちの焦《あせ》りが刻み込まれている。

母はその頃、姉に恋人の影を見ていたのだろうか。恋人について、直接問いただすか、なにか聞いていたのだろうか。

誰に聞くともなく、私も後で知ることになったが、姉とおつきあいのあったカメラマン、N氏は邦子より十三も年上で、妻子のある方だったという。

ひとつ忘れられない光景がある。

久我山の社宅の庭は広かった。春先の日曜の昼下り、藤棚《ふじだな》の藤が咲き、父からお声がかかって、すぐ上の姉迪子《みちこ》と私は庭に出た。父は淋《さび》しがりやで何事もひとりでやることを嫌い、ちょっとしたことにも、お供を求めた。父がいつものように植木のうんちくを傾け、私はいつものように頷《うなず》きながら、父の話はうわのそらだった。その時である。姉が男の人と連れ立って、門前に現れた。父と妹達に気づき、庭木戸ごしから会釈《えしやく》した。私は父の背中ごしに見ていた。その人は姉と変わらないぐらいの背丈で、ずんぐりむっくりし、やさしそうに見えた。姉とその人は玄関に入った。母と立ち話をしていたが、父と言葉を交わすことはなかった。その人は父に目礼をし、姉は父にひとこと声をかけ、出かけてしまった。ほんの二、三分の出来事だった。ついでに立ち寄った、といった感じだった。私が知る限り、その人、N氏がわが家を訪れたのは、これきりだ。そして、父と母がN氏を話題にしたことも、邦子本人が茶の間でN氏の名前を口に出した記憶も私にはない。

姉の見合い話も母ひとりのコネではネタが切れたか、母のほとぼりも冷めたか、いつしか立ち消えとなった。いま思うと、向田の家には、それどころでない事態が忍び寄せていた。

父のよそ見

邦子が二十四、五歳の頃、わが家は最悪の状態になりかけていた。

私は当時、中学生だったから、実際のところはよくわからない。ただ、よく覚えているのは、家にいても居心地が悪く、両親のいる茶の間にいたくなかった、ということだ。

「浮気」と言い切ってしまっていいものかどうか、父がよそ見をし始めたのだ。母せいにとっては想像すらしたことのない一大事で、なかば本気で〝父が家を出る〟と思い込み、精神的に不安定な日々を送っていた。

久我山《くがやま》の社宅は父にとって、くつろげる場所ではなくなっていた。それは、父の育ちと生き方から来るものだったのかもしれない。私生児として、望まれない形で生を享《う》け、満足な教育を受けさせてもらえず、周囲から白い目で見られ、大きくなった。四十五年もの間、人一倍どころか数倍も努力し、負けてなるものかと耐え忍び、ずっと張り詰めて来た。その頃、どんな異変が起きたか、緊張の糸がプツンと切れてしまったのかもしれない。

父は怖く、気難しく、口うるさかった。でも、四六時中、怒ったり、叱《しか》ったりしていたわけではない。雷が落ちるときは、それなりの理由があった。しかし、あの頃は家族をうとましく思っていたのか、些細《ささい》なことで文句をつけた。もともと怒りっぽかったが、これまでとはひと味もふた味も違っていた。父の変わりように母は戸惑い、浮足立ち、ふさぎ込み、やさしい笑みもいつしか失いがちになった。

母にとっては夫と子供が生活のすべてだった。自分のことは考えず、それを当たり前のこととして生きて来た。しかし、夫ばかりではなく、子供達も横道にそれ、家族はばらばらになりかけていた。

邦子はというと、母の期待と望みを充分わかっていながら、意に添うことが出来ないでいた。新聞で出版社の求人広告を見つけ、採用試験を受け、合格。財政文化社から雄鶏社《おんどりしゃ》「映画ストーリー」の編集記者へと転職し、自分なりの

〝何か〟をつかみかけていた。帰りはいつも遅くなり、

「あんな映画雑誌をつくるのに、なんで毎日遅いんだ！　邦子の奴《やつ》はなにしてるんだ」

と父は母に問いただす始末。たしかに姉が夕飯の時間にいることは極端に少なくなった。たまに早く帰って来ると、「お姉ちゃん、どうしたの？　具合でも悪いの？」と私も心配したくらいだ。

邦子より二歳年下の長男保雄《やすお》は浪人中だった。転勤で家族が仙台にいた頃、姉とともに母方の祖父母宅でお世話になり、うるさい親の目を離れ、羽を伸ばしていた。少しばかり絵がうまいと思い込み、その方面に進むことを希望したが、父に猛反対され、ふて腐れた。高校は卒業したものの、実力をともなわない高望みで、大学受験はすべて失敗。父は自分が受けられなかった教育を息子にはしっかりつけさせる、と考えていただけに、あまりの不甲斐《ふがい》なさに「あんな奴は大学へ行かせなくていい。放っておけ！」と癇癪《かんしゃく》を起こし、匙《さじ》を投げた。浪人中も麻雀《マージャン》だか、なんの遊びだか知らないが、フラフラしていた。それでも母は必死だった。なんとしても大学に入れて、これ以上曲がらないようにす

る。大学を出して、ちゃんとした勤め人にする。その一念だった。わが家の経済のワクを超え、大学生の家庭教師を二人もつけた。二浪して青山学院大学に合格したのは、母の苦労の甲斐があったか、よほど運がよかったのか。兄が合格した時、おかしなことが起きるもんだ、と不思議に思ったことを覚えている。

次女の迪子《みちこ》は実践女子学園の高校生でまじめで、まともだった。時間があるとアルバイトに励んでいた。そして、三女の私はというと、兄と同じく勉強が出来なくて、犬や猫と遊んだり、庭いじりの大好きな、ぼーっとした子だった。

その当時、両親が茶の間でむかい合っていると、空気はひんやり冷たかった。飼い猫のロクですら、その場の空気を察して去って行った。邦子と保雄は遅くにならないと帰って来ない。迪子もアルバイトで不在がち。中学生の私だけがそこにいた。家を出たい、中学を卒業したら、住み込みで雇ってもらおうと真剣に考えていた。この時ほど、早く大きくなりたいと願い、姉や兄をうらやましく感じたことはなかった。

母は家庭の危機に直面しても、実家や自分の兄弟に悩みを打ち明けたり、相談を持ちかけたりすることはなかった。長女の邦子だけを唯一《ゆいいつ》頼りにし、邦子だけが母のよき理解者だった。そして邦子が黒衣《くろこ》として家族を支え、家庭の危機を救った。

　姉が当時、家族のためにやったこと、心を砕いたことをあげて行けば、キリがない。

　兄の家庭教師は姉が探して来た。

　兄の受験で苦労していた母は、出来の悪い私を受験の心配のないエスカレーター式の私立に入学させたがった。邦子が卒業した実践女子の附属中学である。入学試験に受かりそうもない私を連れて姉は恩師のところへ挨拶《あいさつ》に行った。寒い雨の夜だった。

　父は月給袋には手をつけず、母に渡していたらしい。しかし、浪人生と私立に通う娘二人を抱え、母がどんなに切り詰めても、家計は苦しかった。邦子は頼まれもしないのに給料日にはお金を入れ、臨時収入があったと言っては、そっくり母に渡していた。

　八十五歳を過ぎた頃、母はポツポツと昔話を始めた。

「邦子にお金の心配はさせたくないから、なにも話さなかったのに〝私、いいアルバイト見つけるのうまいのよ。貯金もしているから〃って預金通帳を見せる。なんて人かと思ったよ……」

姉が父にむかって口ごたえしたり、反抗的な態度を見せた記憶が私にはない。どんなに理不尽なことでも父に従い、家長として父を立てた。ただ、そこには、ここで事を起こせば、その余波は母に及ぶとの配慮もあったようだ。姉はどんなに帰りが遅く、徹夜明けであろうと、病気のとき以外は朝の食卓についた。父が勤めに出るのを母と二人で見送った。それは娘として当然やるべきことと考えていたらしく、昭和三十九年十月に家を出るまで、その日課はつづいた。

殺伐とした家庭の空気をなごませる姉らしい演出もあった。姉は猫のロクを翻訳家の清水俊二先生の家から貰《もら》って来た。犬も猫も怖くて、嫌いだった父も、ロクの可愛《かわい》らしさには勝てなかった。父がいるときはご主人さまの父に従う。送り迎えは愛嬌《あいきよう》とサービスたっぷりで足元にじゃれつく。父はロクの頭をこわごわと撫《な》でるまでに変化していた。

雑誌「映画ストーリー」の編集者となった姉は急に大忙しとなり、家にいる時間はめっきり減った。しかし、忙しい合間をぬって、私の制服も半コートも縫ってくれた。注文があれば、ひとの仕立ても苦にせず請け負った。自分の洋服も自分でつくった。すべて夜なべ仕事で、ときに徹夜になった。帽子づくりに凝り、教室に通っていた頃は自分も大好きでかぶり、私にも得意になってかぶらせ、私を広告塔にした。注文が来ると、喜んでくれたが、帽子づくりはあくまでも趣味止りで、仕事にはならなかった。

スキーにも夢中になり、土曜日曜の二泊で月曜の朝帰り。シーズン中は毎週のようにそうした。父の目を気にしたのか、妹達を引っ張り込んだ。費用はすべて姉の負担。「いいアルバイトを見つけるのがうまい」は満更、方便ではなかったのかもしれない。

やがて邦子に書くチャンスがめぐってきた。ラジオのシナリオとフリーのライター。自分が打ち込める〝何か〟を探し求め、洋裁、帽子づくり、映画雑誌の編集記者へと進み、やっと現れた〝何か〟だった。

「眠いときに眠れるくらい幸せはない、と邦子がよく言ってたよ」

その頃を思い出すと母が必ず口にする言葉。邦子は寝る時間を削って、探し求めていた〝何か〟に打ち込んでいた。

「みんなが寝静まった夜中から書き始めていたんだよ。誰にも気づかれないように玄関の三畳間の、火の気のないところで」

母も知っていたのだ。トイレのふりして息を殺し、忍び足で様子を覗《のぞ》いていた。

私は三畳間の隣の部屋で寝ていた。欄間《らんま》もなく、あかりの洩《も》れない部屋を姉は選んでいた。ピシッ、ピシッと原稿をはがす音とペンを走らせるリズミカルな音がしんと静まり返った夜中に響く。もう夜が明けるのかな、まだ書くのかな、中断させちゃ悪いな、でもトイレに行きたい……うとうとしながら、私はまた眠ってしまった。

「お姉ちゃん、まだ書くの？」

と声をかけたことが何度かある。そんな時はいつも、

「これで終わりよ。もうすぐ寝るから、あなたは寝てなさい」と言われた。

カーテンから朝の陽射《ひざ》しが入る頃には、三畳の仕事場は跡形もなく、玄関のひんやりとした空間のつづきとしてあった。

母の率直な思い

中学生だった頃、母の視線をあまり感じなくなっていた。家にいる時間の少なかった姉がいつも心にかけ、見守ってくれていたような気がする。ひびが入りかけた家庭で、ぽつんとひとり取り残された私を映画に誘ったり、遊びに連れ出して外の空気をたっぷり吸わせてくれた。

疲れて帰って来ても、私が夜遅くまで起きていれば、必ず声をかけてくれた。宿題のアドバイスをして、お手本をつくってくれ、そのまま提出したら、誰かに手伝ってもらったとわかってしまうので、自粛したこともある。

蓄膿症《ちくのうしょう》の手術で久我山《くがやま》病院に入院したとき、毎日見舞いに来てくれたのは、一番忙しそうな姉だった。面白い話を聞かせてくれ、笑わせ、お土産をいつも忘れずに持って来てくれた。

中学の卒業式の一週間前には、唇の上に面疔《めんちょう》が出来て、寝込んだ。まだアイスノンのない時代で、細かく氷を砕いて患部にあて、数時間おきに氷を取り替えなければならない。夜遅く帰った姉が氷を替えてくれ、母が「代わるよ」と言っても、

「私は寝なくても大丈夫だから、お母さんは休んでて。明日やってもらうから」

と言いつつ、三日間、徹夜したのは姉だった。

すぐ上の姉迪子《みちこ》は実践女子学園高等学校を卒業し、実践女子短期大学被服科に入学したが、半年で退学した。教材費がかかることを気遣ってか、働きながら夜学の洋裁学校に通うことに切りかえた。しかし、いまひとつ職場に恵まれず、高校の成績が良かっただけに転職を考えた。夜学に通う条件にあう会社を探すなかで、どんないきさつがあったのか、父の勤める生命保険会社の試験を受けることになった。算盤《そろばん》の読み上げ算が試験科目にあるとかで、私も駆り出されたのを思い出す。迪子は勝気で、勉強はずっと出来たし、親に恥をかかせたくない思いもあったろう。優秀な成績で、入社試験に通ったと聞く。父も少

しは鼻を高くしたに違いない。でも、自分のお目付け役が同じ建物にいるのは、どんな気分だったか。そんなことにさえ頓着《とんちゃく》しないほど、夢中になるお相手がいたのか。それとも、お目付け役を送り込んだのは、母と邦子の策略だったのか。事実はどうであったのか聞きそびれてしまったが、いまとなって勝手にそんな想像をしてみる。

父が同じ建物にいては、迪子もなにかとやりにくく、気苦労が多かったに違いない。私は迪子の腰巾着《こしぎんちゃく》で、友達のように遊んでもらっていたが、職場の人は誰も知らず、そのあたりのことはあまりよくわからなかった。

会社と洋裁学校が生活のすべてだった迪子の縁談を母にすすめ、口火を切らせたのは邦子だった。

「仕事に少しは手応《てごた》えを感じ始めたから、このままやりつづけたい。結婚は上から順に、とこだわらなくてもいいじゃない。私のことは心配しないでいい」と再三、邦子に説得されたと母は言う。

九十歳になった母の回想を聞いたことがある。

「ここまで長生きするとは思ってもみなかったよ。もう言ってもいいだろう。自分の娘でありながら、それを超越していたよ、邦子は」

言葉に姉への深い感謝の気持ちがあふれている。長い歳月を経て、自然にこみあげて来た率直な母の思い……。

「遅く帰って来て、ひどく疲れてるんだろうなと思っても、お母さんも話さずにいられなかった。悪いなあと思うけどネ、いやな顔ひとつしないんだよ。ちゃんとこっちの話を聞いてくれる。〝それなら、私がやるから、まかせておいて。心配しないでいい〟。お母さんはゆったり構えてた方がいい〟って。こっちを気遣ってくれてね、話しづらいことまで、ちゃんと察してくれる。お母さんがやったように見せかけてくれ、親を立ててる。邦子に言われたことがあるよ。〝人間、オギャーと生まれた時から苦を背負ってるのよ。口に出して言うか、言わぬかの違いはあっても、誰にも苦労はある。そこを、どうしていくかが、知恵のつかいどころ。あまりクヨクヨしないで、時が経《た》てば、笑い話になる〟って」

旅先のポートレート

二十代のポートレートを繰り返し、繰り返し見た。

一枚の写真にドキっとした。旅先の宿で姉は窓際《まどぎわ》の籐椅子《とういす》に腰掛けている。その前の小さなテーブルの上に二つの茶碗《ちゃわん》があり、一枚の皿に二本のフォークがきれいに並んでいる。おびただしい数のポートレートを何度も見ながら、小さな疑問はいくつもあった。でも、私自身がピンボケで、違和感を持つだけだったが、この一枚の写真がモヤモヤに鋭い亀裂《きれつ》を走らせた。

えっ、これって。そうだったのか！

カメラマンN氏と二人旅だったのだ。二人の仲を一枚の写真が静かに物語る。暗闇《くらやみ》を切り裂き、光があたって、少しずつ見えてきた。

N氏のことは誰に聞くともなく聞いていたが、興味もなく、視野の外にあっった。自分には関係のないことだった。ところが、亀裂の走った瞬間、母の話や中学生の頃の家庭環境、それに小さな疑問のいくつかが、一つに集約されて迫って来た。

涙がこみあげ、どうしようもなく泣けて仕方がなかった。

「お姉ちゃん、そんなに好きだったんだ。どんな障害があっても、何年かかっても、駆落ちしたって、よかったのに。お姉ちゃん、情熱家だったじゃない。どうして、踏み切れなかったの。なぜ家を出なかったの……」

ハタと気づいた。思い当たった。姉は家族、父敏雄《としお》、母せい、弟保雄《やすお》、妹迪子《みちこ》、和子を見放せなかった。捨てられなかったのだ。そうに違いない。だって、いかにもお姉ちゃんらしいから……。いま私がこうして在るのは、お姉ちゃんがいたから。そんな思いが浮かび、歳月の重さとともにくらくらし、押しつぶされそうになった。

姉は自分が向田の家でどういう存在なのか、わかりすぎるほど、よくわかっていた。娘、長女の立場を超えて、向田の家を支えようとした。支えられるのは自分しかいない、と肩肘《かたひじ》張って意識するのではなく、当たり前のこととして引き受けていたのではないか。

私が中学生だった頃、向田の家にはほころびが生じ、家族はバラバラになりかけた。父と母は無意識のうちに男と女の昔に戻っていた。

姉は母の悩みや苦しみを知れば知るほど、自分の恋は自分のなかにしまいこんで、〝秘め事〟にしてしまったのだ。

N氏は妻子ある身だった。すでに別居していたとも、洩《も》れ聞く。自分の母と同じ苦しみや悩みをむこうにも与えている。どんな事情があろうとも、それは罪なことに違いない。姉の思いは複雑で、どれほどの葛藤《かっとう》があったのか。その胸中ははかり知れない。

誰かに身の処し方を指図されたわけではなかろう。姉は押しつけられることを嫌った。自分でこうすると決めたら、誰に話すこともなく、行動に移す。一度、自分で決めたら、その意志は動かない。

カメラマンN氏のことは、姉の迪子にそれとなく訊《き》くしかなかった。邦子とは六歳離れていたが、妙に第六感の冴《さ》えたひとである。そんなことを言ったら、「なに言ってるの。あなたがボケッとしすぎなのよ」と切り返されそうだが。

迪子は言う。

「二人は長いおつきあいだったけど、ある時期、邦子さんのほうから離れたことがあったらしいの。お姉ちゃんが和子ちゃんと私を誘って、スキーに連れて行ってくれた日のこと覚えてない？　渋谷《しぶや》で夜行バスに乗って草津に行った。その時、彼がどういうわけか、渋谷に来ていた。その時のお姉ちゃんの態度は冷たくて、普通じゃなかった。その時の彼の目、追いすがるというのかな、なんともせつなかった。あんた、気がつかなかったんだ……。たしか一度、別れたと思う。どのぐらいの間があったか知らないけど、彼の生活が乱れて、酒に溺《おぼ》れかけて、困り果てた彼のお母さんが邦子さんに会いに来たと聞いたな。お姉ちゃんって、年上の人に気に入られるところあるじゃない。相談されちゃったのよ。何だかおかしいけれど、邦子さんらしいわね。彼が体調を悪くしたとも聞いたし、邦子さんがあちらのお母さんにもなにかと気を使っていたらしい。それからしばらくして、どのくらい経《た》った頃かな、彼は亡《な》くなったらしい……」

「お姉ちゃん、本当に好きだったのに、どうして家を出なかったんだろう。私たちのために出なかった、と思ったんだけど、私、間違ってるかな。迪子ちゃんはどう思う?」

「きっと、そうだと思う。Nさんのことは、うちのお母さんは知らないと思う。親に反対されるってわかってたし、うちもガタガタしてたから、邦子さんは何も言わなかった……。ただ、Nさんから大きな影響を受けたし、いいパートナーで、どんなことでも話せる人だったんじゃないかしらネ」

母の傍で話も出来ず、赤坂のマンションを出た先の道端での立ち話だった。寒い夜だった。迪子の言葉がストーンと腑《ふ》に落ちて、体が熱くなった。

茶封筒を開ける

〝秘め事〟の茶封筒を開けてみようと思った。

「もういいわよ」

姉も許してくれそうな気がした。

姉が死んで、二十年近く経《た》っていた。その間、幾度となく心が動いたが、受け止めるだけの気持の余裕や自信、覚悟ができてなかった。

いざ茶封筒を前にすると、それでも自分勝手に踏み込む重さを感じた。

茶封筒のなかみは、N氏に宛《あ》てた姉の手紙五通、電報一通、N氏から姉への手紙三通、N氏の日記（大学ノート一冊）、N氏の手帳二冊だった。

N氏に宛てた姉の手紙を繰り返し読むことから始めた。

姉がありのままの自分をさらけ出している。甘えたり、ちょっぴり拗《す》ねてみせたり、愚痴をこぼしたり。そして姉らしい、細やかな心遣いとユーモアがある。

この人のことは心の底から信頼していたんだ。何もかも話していたんだ。人生のよきパートナーに出逢《であ》っていた。あの時期、一緒に生きていたのだ……。

手紙の書かれた昭和三十八年、三十三、四歳の向田邦子。

おしゃれの姉がいなかった。あの頃は二十代のポートレートとは違っていた。ゴム草履をつっかけ、二、三枚の洋服を着まわしていた。不思議に思った。どうしたの？　なにかあったの？　とは訊《き》けなかった。

姉は放送作家として独立してから二年目を迎えていた。ラジオ、テレビの〆《しめ》切《きり》に追われ、ホテルにしょっちゅう籠《こ》もった。忙しい合間をぬって、N氏と逢っていた。N氏が日記のなかでお書きになっている通り、姉は「睡眠不足」で、「さすがに疲れていて」、「少しばて、いて」、「連日の徹夜続きのせいか　やつれがひどい」状態だった。

邦子はコタツで横になって満足そう。ふっと可愛想《かわいそう》にもなったりする。

（N氏の日記、昭和三十九年二月九日付）

N氏のやさしい眼差《まなざ》し、姉への思いやり。

その一年前の昭和三十七年二月、父は自宅を建て、わが家は久我山《くがやま》から杉並区本天沼《ほんあまぬま》へ引っ越した。

姉がお金を負担し、平屋の予定を二階建てにし、二部屋と台所を増築した。平屋では両親と邦子、保雄《やすお》、私の五人が住むには狭かった。邦子が家を出て、独立してもよさそうだったが、天沼の家にとどまった。父は定年を迎え、再就職して間もなかった。もし父が職を失い、収入の道が途絶えたら、二階の部屋を貸してもいいようにしておく。自分が一度は住んでおけば、押しつけがましくなく、もしもの場合に備えられる。姉は秘《ひそ》かにそのように考えていた。

「邦子がふと洩《も》らした言葉が心に残っていてね」

当時を思い出し、母が語ってくれたことがある。

「〝三十年以上も勤め上げ、この家一軒分の退職金とは、せつないね〟って。

邦子はお父さんが会社を辞めても、みじめな思いを味わったり、子供に迷惑をかけないでいられるように最悪のことを考えて、二階に部屋をつくったんだと思う。細かい説明はしない。〝私がそうしたいから、お母さん、協力して下さい〟と頭を下げられちゃうから、親より一枚も二枚もうわてだね。お父さんもわかっていた。せっかくの邦子の好意を受けようと黙って納得してくれた時は、お母さんもうれしかった。邦子はいったん言い出したら、引かないからね。あの人はひとを喜ばせるのが好きだった。お父さんも畑違いの仕事に変わって、ゼロからの再出発となり、もうひとはな咲かそうとしたのは、邦子の好意に応《こた》えたかったからだよ。ああ見えて、お父さんと邦子は似てるところが多いし、お互い口に出さないだけで、実はわかりあっていたんだろうよ」

姉がゆっくり、のんびり天沼の自宅にいた記憶はない。

朝は顔をあわせた。わが家の習慣で、姉も朝は起きて来たが、慌《あわ》ただしく、ゆっくり話をしている暇はなかった。

手早く人参《にんじん》、セロリ、リンゴ、ピーマンなどを洗い、ジューサーにかける姉。

父の健康のためにと野菜ジュースをつくっていた。自分は食べることなく、立ち働いていた。

朝八時過ぎ、家族を送りだすと、母と二人だけの時間になる。姉は睡眠不足を補っていた。姉指定の時刻に起こすのが、母の仕事だった。「お母さん、ありがとう。はい、起きます」とはっきり答えているから、母が安心してると、また寝ている。「お母さん、忘れたでしょう！　ああ、大変だ。寝すぎちゃった」と慌てる邦子。

「お茶を淹《い》れてやるとね、〝お母さんの淹れるお茶は、どうして同じお茶っ葉なのに味が違うんだろう。おいしい〟って、褒めてくれるんだよ。〝体がしゃきっとして目が覚めた〟と喜ぶ。部屋に籠《こ》もって、仕事してると、たまに気分転換で下に降りて来て、〝お母さん、つきあってくれない〟と言って、蕎麦《そば》の出前を何度もごちそうになったもんだよ」

午後の三時、四時頃に出かけ、帰りは夜の十一時過ぎ。家で夕飯を食べることはあまりなく、たまに八時頃帰ると、何かあったのかと家族は心配した。

近所では、あの人は何をしているのかと不思議がられていたようだ。びっくりするような美人でもないし、化粧気もなく、おしゃれな恰好《かっこう》をしているわけでもない。だから、水商売ではなかろう。では、一体何をしているのかと。親しげに本人に訊ける雰囲気でもなかった。

たまたまラジオで「向田邦子」の名前を耳にし、「ひょっとして、お宅のお嬢さん？」と母に尋ねたひとがいたそうだ。天沼へ移って二年近く、姉は謎《なぞ》の人だった。

ひとつ屋根の下に暮らしながら、会話の少ない時期だった。すれ違いの生活、朝だけ顔をあわせるだけの家族。しかし、それが自然だった。

家族一人一人が、自分の生活を送っている。大きな問題がない限り、報告もしないし、相談もしない。そんな関係だった。

姉は昭和三十五年の暮れに雄鶏社《おんどりしゃ》を辞めた。フリーになって大丈夫か？　結婚は？　仕事は？　両親はもはやそんな心配をする必要はなかった。

――〝あの人〟は病気にならない限り、大丈夫。安心して見ていられる。何も言わなくても、やりたいようにさせておけばいい。

姉には三十数年の間にそう思わせてしまう〝何か〟があった。

あの頃、何度か姉に連れられ、新宿へ買物に出かけた。いつも母へのお土産を持たされ、新宿で別れた。「これから、仕事先に向う」と言われ、私はなにも訊かなかった。疑問にも思わなかった。姉妹といえども、入り込んではいけないことがある。そんな気持にもならなかった。

いまハッキリ思い出せるのは、少し俯《うつむ》きかげんで急ぎ足で歩いている姉の姿だ。

茶封筒を開けて、初めて知る。三十三、四歳の邦子には、いろんな出来事が起きていた。私の知らない世界を生きていた。姉はそのなかで決して逃げなかった。なにもかもありのままに受け止め、自分の周囲のひとを幸せにするため、自分に出来ることはなにか、その一点に心を傾けていたような気がする。

邦子は親きょうだいに悩みを打ち明けたり、愚痴をこぼしたりすることはなかった。自分の内なるものややりたいこと、仕事で判断に迷うことなどを相談し、アドバイスを求め、あどけないほど、素のままでいられる相手。深い思いやりと愛を受け、自分を育ててくれた人。それが、N氏だったのではないか。

その存在も、名前も教えてくれなかったが、姉はほんのわずかなサインを残して、憎らしいほど、知らん顔をして、〃和子の奴《やつ》、気づくだろうか。少しは大人になって、ひとの心の綾《あや》や機微をわかってくれるだろうか。いや、わかって欲しいんだ〃。そんなシグナルを送りつづけていたように思えてならない。

そう思えるようになったのは、『ままや』を始めて姉と時間と世界を共有し、姉亡《な》き後も姉と〃対話する〃ことが出来たから。

それに加えて、姉の病気もある。乳癌《にゅうがん》とその後遺症に苦しんでいた時、姉は誰にも知らせず、苦しんでいる姿を見せようとはしなかった。そうすることで、姉は自分に厳しく、内なる自分にあたかも挑戦しているように見えた。悩みや苦しみはひとに見せないで、生きる力に変えてしまう。それが向田邦子式の生き方で、姉の人生の基本姿勢であったような気がするのだ。

二人の死

父の死は突然であった。

昭和四十四年二月、邦子三十九歳のときだった。

あまりにあっけない死で、こんなに苦しみもなく死が訪れたことへの驚きが私には大きく、すぐには涙も出て来なかった。途方に暮れる家族を尻目《しりめ》に姉はテキパキと葬儀の準備を進めた。その頃には別所帯になっていたので、表に立つことは控え、母と弟の保雄《やすお》にまかせた。あくまでも自分は身を引き、仰々しく仕事関係の献花を手配したりして自分の立場を見せつけることはなかった。

あれは、通夜《つや》か告別式のいつのことだったか。姉は父がいつも座っていた茶の間の席の前に正座し、深々と頭を下げていた。ひとの気配を感じてか、すっと我に返った姉。私は思わず息を呑《の》んだ。忘れられない、消すことの出来ない姉の姿。父と姉の強い絆《きずな》を感じ、その姿は私の心に焼きついている。

父の死に際して、姉が見せた姿。それと同じように、忘れられない、そして消すことの出来ない姉の姿がもうひとつある。

あれは、どういうことだったのか。なにがあったのだろう、という強烈な姿である。真冬の真夜中、私はふっと目が覚めた。お手洗いに行こうかな、と薄ぼんやり思った。そのためには、隣の姉の部屋の前を通らないと行けない。少し開いた部屋の襖《ふすま》の細いすき間から、ほの暗い灯りが見える。

お姉ちゃん、帰ったのかな、もう寝るのかな。

ふやけた脳味噌《のうみそ》で、いつもなら姉に声をかけているところだ。でも、その晩は本のページをめくる音も聞こえない、仕事をしている様子もない。真夜中の澄んだ無音の響きが耳もとに届く。この静けさ、ほの暗い灯りの不思議さはなんだろうか、と思った。建てつけの悪い襖のすき間から、空気が忍び込んで来る。隣りの部屋を覗《のぞ》いてしまった。無意識に近い行動だった。

姉は整理簞笥《だんす》の前にペタンと座り込んで、半分ほど引いた抽斗《ひきだし》に手を突っ込んでいた。放心状態だった。見てはいけないものを見てしまった、と咄嗟《とっさ》に思った。「どうしたの?」と声もかけられない。「どうしたの?」と声をかけられるのは、相手にほんのわずかでも余裕やスキがあるときだ。なにか大変なことがあったのだ。ここまで憔悴《しょうすい》しきった姉の姿を見るのは初めてだった。衝撃を受け、打ちのめされた。ただただ音を立てまいと息を殺し、布団《ふとん》にもぐりこんだ。寒く、長い冬の夜であった。

この夜の姉の姿とN氏の死が結びついたのは、父の死に際して、垣間《かいま》見《み》てしまった姉の姿があったからだ。二つの光景が重なり、あの寒く、長い冬の夜はもしかすると、と想像し、その想像は「間違いない」という思いになっている。

N氏の死も突然であった。

死の二年前、N氏は脳卒中で倒れ、足が不自由になり、働けない状態にあった。私がそのことを知ったのは、姉の死から二十年経《た》った平成十三年の夏、姉の〝秘め事〟を自分の責任において公開しておいた方がいいと決めてからである。NHKの衛星放送が没後二十年のドキュメンタリー番組をつくり、そのなかで紹介された。番組の制作スタッフが調べてくれたところ、N氏は自ら死を選んだという。

姉はN氏の亡《な》くなった年の十月、親元を離れ、港区霞町《かすみちょう》（現在、港区西麻布《にしあざぶ》三丁目）でひとり暮らしを始めた。

新しいスタート・ラインに立った。なにかを捨てたのではなく、なにかを忘れるためでもなく、〝卒業〟したのだと思う。誰になにか言われたわけでもなく、自分でそうしたいと思い、そうすると決めて、なにもかも実行した。両親には増築したことで、もしもの場合に備えた。父も母も姉の好意をきちんと受け止め、姉が独立する時にお返しをした。

姉が家を出るきっかけは、父との口喧嘩《くちげんか》だった。

些細《ささい》なことから父といい争い、

「出てゆけ」「出てゆきます」

ということになったのである。

正直いって、このひとことを待っていた気持もあって、いつもならあっさり謝るのだが、この夜、私はあとへ引かなかった。次の日一日でアパートを探し、猫一匹だけを連れて移ったのだが、ちょうど東京オリンピックの初日で、明治通りの横丁から開会式を眺めた。

（「隣りの匂《にお》い」『父の詫《わ》び状』所収）

口喧嘩は父が仕掛けたものだった。

――邦子も親元にいては気を使うだろうし、仕事もやりにくいのではないか。でも、自分から切り出しにくいだろう。

父は母にそう話していたという。

口喧嘩というのが、父らしく、うれしい。姉も父の仕掛けに気づきながら、素知らぬふりして、売られた喧嘩を買ったのである。

秘密のない人って、いるのだろうか。

誰もがひとには言えない、言いたくない秘密を抱えて暮らしている。そっとして、こわしたくない秘密を持ちつづける。日々の暮しを明るくしたり、生きる励みにしたりする。そんな秘密もある。秘密までも生きる力に変えてしまう人。向田邦子はそういう人だった、といまにして思う。

N氏と秘密を共有し、人生のよきパートナーとして、お互い頼りにし、寄り添いあって、ある時期を生きた。彼が病気で倒れてからは、二人の絆と信頼はさらに深く、強くなったに違いない。

N氏と生きた時間のなかで、姉はどれだけの生きる糧《かて》をもらったことだろう。大きな影響と惜しみない言葉、言葉にならないもののなかに姉は生きる糧の本質を見たのではないだろうか。そこに姉の〝書く〟原点があったように思う。姉に〝書く〟ことを気づかせてくれ、姉をうまく育ててくれた人。N氏はそういう存在だったと考えている。

〝秘め事〟の茶封筒はN氏が亡くなった後、彼の母親が姉のもとへ託したものだということも後で知った。

姉は十五年あまりの間、ずっと茶封筒を持ちつづけた。どうしても捨てられなかったのか。そこに在るものは単純に在るものとして、そのままにしておいたのか。いずれ、捨てるつもりが、そのままになってしまったのか。答えはわからない。永遠の謎《なぞ》だ。

姉は本当になにも言わなかった。おくびにも出さなかった。みごととしか言いようのない〝秘め事〟にして、封じ込めてしまった。

邦子は一途《いちず》だった。ほかに心を動かすことはなかった。それが、向田邦子という人だ。

あとがきにかえて〜ひとにぎりのナンキンマメ〜

「お姉ちゃんは向田の家に生まれて、どう思っているの？」

ずっと胸にしまっておいた質問を口に出してしまった。

高校生の頃だ。

父の欠点ばかり目につき、父のやることなすことすべてに嫌気が差した。大きらい、うっとうしい。そうなると、なんで母はこんな人と結婚したのか、といったことまで考え始め、不満のうずはどんどん大きくなり、いまにも爆発寸前だった。

この時、姉は「映画ストーリー」の編集者だった。姉の〝手袋さがし〟はまだつづいていた。ひと呼吸おいて、かみしめるように言った。

「良かったわよ」

いつもよりゆっくりとした喋《しゃべ》り方で、かといって説教がましくなかった。

「そう……」

（そうなのか……）

ハッキリ終わりまで言えず、言葉を呑《の》み込んでしまった。

姉の話はつづいた。

「生まれて来たことを喜ばれ、両親に愛されて育ち、普通に生きていけることとは、とてもありがたいことだと思っている。お父さんはマイナスのところから、いま私達が当り前と思うところに立つまで、どれくらい大変だったか。負けず嫌いの努力家で、ちょっといびつなところもあるけれど、自分の力でその位置についたのよ。それは、とってもすごいと思う。和子ちゃんも世の中に出てみると、よくわかると思う。父親をひとりの人間として見る。そうすると、客観的にも冷静にもなれるから。そんなことを、心にとめておいてもいいかもしれない」

体中に電気が駆けめぐった。そんな感じだった。

姉から父や家族のことを聞くのは、生まれて初めてだった。私もきちんと口にしたことはなかったけれど、姉も話すことはなかった。そして、姉とは百八十度の違いを思い知らされた。

「わが家はデコボコがあったり、すき間風が吹いたり、いろいろある。だから考えたり、知恵を絞ったり、いたわりあったりする。そのなかで、気づかされたり、教えられたり、人のいたみをわかったりしていける。何もなかったら、気がつかないで終わってしまうかもしれない。そんな風に考えると、あまりイヤなことないでしょ。何事も考え方や気持の持ちようでプラスになるし、プラスにしていけるから面白いんだし、楽しい。この家に生まれたのは、運がいいのよ。それを活《い》かさなくちゃ……」

小さな頃から、姉は「何かが違う」と思っていた。その「何か」はよくわからなかった。その時、姉から言われた言葉を鵜呑《うの》みにした。少しずつ時間が経《た》つうちに、姉の言葉は〝言霊《ことだま》〟のようになり、世の中に出てみると、父親に対する気持も家族に対する考え方も少しは変わり、理解出来るようになって来た。

姉の言葉で、百八十度自分を変える出発点になったものはほかにもある。

短大卒業後、履歴書一枚も書かず、姉が見つけて来てくれて、就職した仕事に私は文句をたれていた。三か月経った頃、姉に言われた。

「和子ちゃん、そんなにいやなら、辞めてもいいのよ。あいだに立った人には私が挨拶《あいさつ》に行くから心配しなくてもいい。転職先は探せばいいし、見つかるまでお小遣いもあげるから、気がねしなくていいわよ。でも、こんな風にも思わない？　自分で苦労したり、努力して探してきたものなら、結果がどうあれ、そんなに文句は言わないかもしれない」

私の一番苦手とする苦労と努力。さすがは姉である。本当に素直に納得した。その後、折にふれ、このフレーズを思い出し、私はどうにか頑張って来た。そんな影響力を持った言葉のことを姉に話したら、なにも覚えていないと言う。

「そんなこと言ったの、わたし。ふぅ～ん」

おかしそうに笑った。その笑顔がとても気に入っている。いまもその笑顔はピンボケにならず、鮮明に心の中に焼きついている。

「お姉ちゃんは向田の家に生まれて、どう思っているの？」という質問やその答えを、姉は覚えていただろうか。

邦子と和子の原点はナンキンマメである。終戦後、満足に食べ物がなくて、ナンキンマメは貴重品だった。姉の大好物でもあった。夜遅く、姉がひとりで勉強している時、そっと、そっと襖《ふすま》を開けて、

「お姉ちゃん、これ、あげる」

ひとにぎりのナンキンマメを私が手渡したらしい。

「その時、あんたって、いい娘だな、って思った」

姉は照れくさそうにポロッと言った。私が日本橋の会社に勤めていた頃の話だ。

姉にお昼をごちそうになり、髙島屋の呉服売場をのぞき、ペットショップで犬や猫に声をかける。交差点を渡って、丸善に行くのが姉のお決まりのコースだった。信号待ちのほんのわずかな間だった。

「それ以来、ずっといいやつと思っているのよ。じゃあね」

声をかける間もなく、姉は人ごみのなかに消えていた。

なんだって！

今度はこっちが覚えてない。

あげたというなら、靴下やセーターを編んであげたじゃない！　あれはきっとダサくって、気に入らなかったんだ。

それにしても、かれこれ三十年も、ひとにぎりのナンキンマメで、いいやつと思いつづけている姉。この人を裏切ってはいけない。いや、そうではない。これからも、いいやつでいたい。そう心がけるようにした。


姉にとって〝いいやつ〟とは、どんなやつなのだろう。

ずっと問いつづけている。姉がこの世からいなくなったいまも、そして生きている限り、ずっと。姉の言葉に思いを馳《は》せ、ときに考えあぐねたりする。豊かな気持ちになれる時でもある。姉にとっての〝いいやつ〟は、母にとっても〝いいやつ〟であり、身近な人の輪が広がり、その人達を大切にして行くこと……姉の本当に言いたかったメッセージは、なんだったのだろう。


姉から大きな影響と心に残る思いをたくさんもらった。普通、時の経過とともに薄れ、ほんのひとにぎりになってしまうものだが、姉邦子は違う。姉からもらったものは私の核となり、私の生きる基準になっている。

姉の手紙とN氏の日記を読んだ後、改めて姉の迪子《みちこ》にN氏のことを訊《き》いてみた。

「自分も歳《とし》とったから、よくわかるようになったけど、Nさんはやはりよきパートナーだったと思うな。そういう人と出逢《であ》えて、うらやましいとさえ思う。人生をかけられる人に誰もが出逢えるとは限らないもの。妻子ある男性とわかって、一度は自分から距離を置いた。邦子さんの葛藤《かっとう》はすさまじいものがあったんじゃないかな。あの頃、スキーにのめり込んだのも、それが一因かもしれない。以前、Nさんがお酒に溺《おぼ》れかけ、困り果てたお母さんが邦子さんに会いに来た、って話したわよね。お姉ちゃん、そうなると放っておけない人だから、ひと肌ぬいだんじゃないの。金銭的にも何くれとなくやってたみたいよ、彼のお母さんの方にも。なんとかしてあげたかったんじゃない。そうせずにはいられない人じゃない。大変だとヘタリ込むんじゃなくて、自分はどこまで出来るか、自分に挑戦してみる。そんなところが、お姉ちゃんにはあったから」

迪子は邦子からなにか聞いていたわけではなかった。本人が口を開かないのに、わざわざ訊《たず》ねたりしない。迪子は姉の心に土足で踏み込むような人ではない。

迪子は未《いま》だに姉の手紙とN氏の日記を見ていない。

天沼《あまぬま》の向田の家から二駅、歩いて三十分ほどのところにN氏とその母の住む家はあった。家族に打ち明けることもなく、誰に知られることもなく、姉の〃秘め事〃はつづいた。ひとつ屋根の下で暮らしたわけでもなく、籍にも入らず、世間の常識からは外れた関係にすぎなかった。

しかし、姉とN氏、そしてその母の三人はひとつの家、もうひとつの家族だったような気がする。姉にとっては、自分をよく理解し、あたたかく迎え入れてくれ、そして憩《いこ》える場所だったのではないか。そこで、見たもの、聞いたもの、得たもの、そして手の届かなかったものは、その後の邦子の作品や生き方の核となったに違いない。

N氏が病いに倒れた時は、ひどく心を痛め、懸命の看病をしたに違いない。向田の家族が病気になった時の細やかな気配りや献身的な看護については、誰よりも私がよく知っている。

先の見えない病気、働くことの出来ない彼。先々を考えてのことだったのか、この時期、姉はいつもお手軽な服装で、おしゃれな邦子はどこにもいなかった。いま思うとN氏の日記と時期はぴったり重なる。しかし、何ら変わった様子のない邦子の姿が向田の家にはあった。

向田の家は邦子にかつがれていたのだろうか。いつも忙しそうだったから、父も母も私も、すっかり仕事が大変なんだ、とばかり思い込んで、気づかず、干渉しなかった。干渉を許さないほど毅然《きぜん》とした邦子がいた。いや、誰か気づいていたのだろうか。気づいていながら、邦子を信頼し、見守っていたのだろうか。いまとなっては謎《なぞ》だ。

謎はいくつも残る。

しかし、謎というのも、いかにも姉らしく私には思えるのだ。

向田《むこうだ》さんの恋

爆笑問題・太田　光

たった五通のこの手紙を読んだだけで、向田邦子《くにこ》という女性が命がけで全身を傾けた恋が、鮮やかに読者の体の中に浮かび上がる。この手紙が、送った相手以外に誰にも見せるつもりのない、秘めたる文章であることを考えると、改めて、向田邦子という〝書き手〟の凄《すさ》まじさを実感する。

この手紙には、まさに作家向田邦子の、そしてその後の向田作品の秘密が詰まっている。

男の弱さ、強がり、に対する憎しみと赦《ゆる》し。

私はこれが、終始向田さんにつきまとっていたテーマだと思っている。

手紙を読めば、この恋が当時の向田さんを生かしていたものだということが良くわかる。ウキウキと飛び跳ねるような、向田さんがそこにいる。それでいて、哀《かな》しい向田さんがいる。それは微笑《ほほえ》ましいし、切ない。

カメラマンのN氏は脳卒中で倒れ、足が不自由になった妻子ある男である。

信じられないほどのハードなスケジュールの中、ホテルにカンヅメになり、洪水のように押し寄せる原稿に追われながら、向田さんはN氏に手紙を出す。病気でふさぎがちなN氏を楽しませることが、向田さんの生き甲斐《がい》だったことがわかる。手紙の中で向田さんは見事におどけてみせる。ケーキを五つもペロッと食べ、その後夜食におにぎりを三つも食べてお腹《なか》を壊したことや、橋本忍の脚本を読んで自分には逆立ちしてもこんな完璧《かんぺき》な作品は書けないと落ち込んだこと、日々ズッコケている自分をそこに書いて、ドジでしくじっている自分の姿を見せて、N氏を楽しませたい、笑わせたいと願っている向田さんの思いが伝わってくる。それは、その後に続くN氏の無愛想な日記とは対照的である。

この男を私が守る。全身で守る。と、向田さんは思っていたに違いない。

それは障害のある恋だった。その障害にほんの少しだけ光が差した状態。それが当時の二人の状態だったのではないだろうか。それはもしかしたら、誰から見ても幸せであると言い切れる状態ではなかったかもしれない。胸を張って街を歩ける二人ではなかったかもしれない。それでも、向田さんはその〝今〟を愛《いと》おしく思っていた。それ以上のものを望みはしなかった。二人の今は、向田さんにとって至福だったのだ。

N氏の撮《と》った向田さんの写真はハッとするほど美しい。おそらく向田さん自身もその写真を見て、自分の知らない自分の美しさを知らされたのではなかったか。そこに写っているのは、N氏だけが見つけた向田邦子だった。写真の中の自分の姿を見、自分を見つめるN氏の深い目を感じた時、向田さんがどれほど満ち足りた思いをしたかは、計り知れない。この写真を撮ってくれる人が側《そば》にいれば、自分は生きていける。きっと向田さんはそう思った。そして自分にとってのその写真と同じレベルのもの、あるいはそれ以上の愛情をN氏に与えたい、返したいと願ったに違いない。自分にはそれが出来ると、向田さんは信じていたと思う。

しかしその思いはN氏の自殺によって突然断ち切られる。その死によって向田さんが突きつけられたものとは何だっただろう。

向田さんにとっては至福であった世界が、N氏にとっては生きていくことの出来ないほどの辛《つら》い世界であったということ。向田さんが幸福であると感じていたものが、一番共有してほしい相手から、そうではないと結論づけられたということ。側に向田邦子がいても、生きていけなかったというN氏の宣言。それは向田邦子という人間に対する圧倒的な否定であった。

自分が愛する男を生かせなかったことに対する無念。自分が愛する男の生きる糧《かて》にはなれなかったことに対する無念。そして男の〝弱さ〟に対する憎しみ。

おそらくその瞬間、それまでの向田邦子も死んだのだと思う。そしてそれまで向田さんを包んでいた全《すべ》ての世界は廃墟《はいきょ》となったのだと思う。その後向田さんは、何もない世界に一人立ちつくし、廃墟の中から時間をかけて、少しずつ、幸福とはなにか、生きていくとはなにかと、小石を積み上げる作業を始めたのではないだろうか。そうして積み上げられたものが、その後の向田さんの作品群である。「死ぬのは簡単」と、向田さんは思っただろう。だからこそ向田ドラマの中の人物達はもがきながらも生きていく。向田さんは死を嫌い、生きていく人間を描き続けた。それは、N氏に対する復讐《ふくしゅう》のようでもある。

自分の世界が全て崩れて、廃墟となった場所で、それでも必死に生きることを選んだ向田さんの姿。それはあたかも敗戦後、プライドも理想もズタズタにされて、立ち上がることも出来なかった男達に代わって、そんな男達を生かすために、何もかもなぐり捨てて、闇市《やみいち》から米を買い、がむしゃらに生きることを始めた日本の女達の姿に似ている。

向田さんの男を見つめる視線には、敗戦後、自信をなくし、肩を落とした男達を見つめた日本の女達の厳しさと、優しさがある。

死を選んだ男と、生を選んだ女。

向田さんのドラマを観《み》ていて、男は女にはかなわないと感じる、その根底には、向田さんの若き日の、この恋の経験がある。死んだ男は負けである。

誇り、プライド、虚栄心、理想、夢。そんなものの為《ため》に男は人を殺し、戦争を起こし、自らも死ぬ。世界を壊すのはいつも男で、今まで戦争を起こした日本人の女は一人もいない。そんな、男が滅茶苦茶《めちゃくちゃ》にした世界の後始末をするのは、いつだって女だった。

向田さんはいつも、そんな日本の男達と、N氏の弱さと、強がりを〝憎しみ〟と〝赦し〟をもって包み込んだ。

手紙の中にこんな一文がある。

「妹のはなしだと、ロクベエの落タンぶりは見るも哀れだとかで、私がいないと、火の気のない私のコタツの上でないているそうで、母などホロリの一幕があったそうです。やっぱりアイツはいい奴《やつ》だ。誰かさんみたいに、こなくても平気だよ、なんて、ひどいことはいわないもん」

何とも可愛らしく切ない文章である。それと同時に改めて、脚本家向田邦子の神がかり的な才能を実感する。たったこれだけの文章で、向田さんと、N氏の関係が、その細かい感情のやりとりまで、鮮やかに、強烈に伝わってくる。これは決して人に見せる為に書かれた文章ではない。それにもかかわらず、このセリフを言っている人物の状況を全て読者に解《わか》らせてしまう。何故《なぜ》向田邦子という人だけが、こんなに少ない言葉でこれほど多くのことを表現出来たのだろう。それはまるで魔法のようだ。

この中で向田さんは猫のロクベエのことを〝いい奴〟と呼んでいる。私は向田さんにとってこの〝いい奴〟が、一番必要だった存在なのではないかと思っている。

先日この本の著者である妹の和子《かずこ》さんと対談をさせていただいた時に思い出話を聞いた。この本にも書かれているナンキンマメの話だ。

終戦後、食べ物がなかった時代、姉の大好物だったナンキンマメを和子さんが、勉強中の姉の襖《ふすま》を開けて「お姉ちゃん、これ、あげる」と手渡した。和子さんはそんなことすっかり忘れていたのだが、向田さんはずっと憶《おぼ》えていて、大人になってから和子さんにその話をして、

「それ以来、ずっといい奴と思っているのよ」

と言ったという。

〝いい子〟でも〝優しい人〟でもなく、〝いい奴〟である。猫のロクベエと同じだ。向田さんにとって、〝いい奴〟とは、悩みを理解して慰めてくれるというわけでもなく、しっかり生きろと叱《しか》ってくれるというわけでもなく、自分が向田さんを愛している、必要としてるということを特に確認することもなく自覚していて、側で生きているのが当然のような顔して過ごしている。そんな存在ではなかったかと思う。

向田さんに「生きていいて」。そうすれば自分も生きているから」と、言うとはなしに伝えてくれている。そんな存在ではなかったかと思う。

私は和子さんにお会いして、しみじみ、和子さんが向田さんにとっての〝いい奴〟だったのだということを実感したのだ。

今、この向田邦子の恋文を読み返して、向田さんの、「私は生きていよう」という決意に胸が打たれるような思いだ。


（平成十七年六月、漫才師）

この作品は平成十四年七月新潮社より刊行された。

向田邦子《むこうだくにこ》の恋文《こいぶみ》

新潮文庫　む - 14 - 1

平成十七年八月一日発行
令和五年八月五日十三刷

著者　向《むこう》田《だ》和《かず》子《こ》

発行者　佐藤隆信

発行所　株式会社新潮社

郵便番号　一六二―八七一一
東京都新宿区矢来町七一
電話 編集部(〇三)三二六六―五四四〇
読者係(〇三)三二六六―五一一一
https://www.shinchosha.co.jp

価格はカバーに表示してあります。

乱丁・落丁本は、ご面倒ですが小社読者係宛ご送付ください。送料小社負担にてお取替えいたします。

印刷・錦明印刷株式会社　製本・錦明印刷株式会社

ISBN978-4-10-119041-9 C0195